夜不語

詭秘檔案

夜不語
詭秘檔案

夜不語

詭秘檔案

夜不語
詭秘檔案

夜不語

詭秘檔案701

Dark Fantasy File

陰胎

夜不語 著 Kanariya 繪

嬰兒未出世前就夭折，是種不祥的，絕後的預兆。

CONTENTS

作者自序

二〇一四年了，真是個比二〇一三年更要科幻一些的數字。小時候總以為今年，磁浮汽車會滿天飛舞，還是自動駕駛的。結果自動駕駛的汽車，據說二〇二〇年才會發表上市。果然，科技的發展，在許多方面，終究是超不出人類的想像力。

不過人類的想像力，真的有許多侷限。一如我一般，有了餃子以後，腦袋就開始遲鈍起來。趕稿的速度也越來越慢，幸好最煎熬的時間也過去了，寶寶能夠稍微自理了，本帥哥自由的時間也多了起來。能趕稿的空檔多了，最近的品質也恢復了一些。

今後我會寫出更精采的故事，讓大家舒舒服服的看個夠。

今年冬季的成都，真正的冬季時節並不顯得冷。反而春節過後，以為開春了，都將春天的衣服從雜物房整理出來，準備過幾天穿到身上。結果倒春寒也來了，直到寫這篇序的時候，倒春寒還沒有離開這鬼地方，出門就冷得將全身血液凍結。

今年春天，恐怕是十年來，體感溫度最冷的春節了。春節過後的第一天，出門就是茫茫大霧。濃烈到恐怖的霧，每每走入，都會感覺自己是不是穿越到了異界。走出濃霧的時候，會不會有騎著火龍的美女穿著盔甲揮舞著魔杖朝我發射火球。

又或者一堆人在濃霧裡集齊了七顆龍珠，召喚了神龍，許願消除全世界所有的霧霾。

真有這種偉人的話，全世界受霧霾所困的人類，都會感謝你的。阿門！

好吧，好吧，我承認自己的發散性思維又在作祟了。濃霧中的世界，其實真的有夠可怕的。白茫茫的天，白茫茫的地，就連妻子都是白茫茫的。一下車，在郊外散步，都要牢牢的牽著她的手，害怕一鬆手，她就會掉入濃霧中，和懷裡的餃子一起消失不見。

有人說，時間的流逝速度是和年齡成正比的。年紀小的時候，體積小，所以老感覺時間太多了，為什麼自己還沒有長大到在雪天喝啤酒吃炸雞的年紀。

翻過了三十歲後，才猛然發現，時間流動得越來越快。難道是因為最近有了餃子後，自己老是吃她剩下的東西，突然間發福了的緣故嗎？

發福真是一件可怕的事情，本帥哥都被妻子嫌棄，說我肚子變大了，不酷了。

為了變酷，果然還是應該趁早減肥啊！

今年為了寶寶，果然還是需要更加努力一些。另一本詭異的修真小說《詭道修真》就要在最近幾個月出版了，喜歡恐怖修真向的讀者，也請多多支持。

寫作是件辛苦的事，養寶寶同樣是件痛苦的事情。能夠和妻子兩人將寶寶養到一歲，不需要別人幫忙，就連我的父母也覺得很驚訝。

他們歷數我養過的寵物的下場。我也稍微回憶起了自己的黑暗養育史。

自己最後養的寵物，恐怕是突發奇想買來的螞蟻工坊。買回來的時候，工坊裡有許多外地小螞蟻在奔波忙碌，挖洞餵養蟻后。

養了幾天我覺得無聊了，乾脆逮了幾隻本地螞蟻扔進去。頓時古惑仔爭奪領地的劇情在螞蟻工坊裡赤裸裸的上演。兩隻不同種類的螞蟻開始幹架，四川的螞蟻比較小，很快就敗下陣來。被咬斷腦袋的，被咬掉屁股的，屍體散落一地。於是我又找了大批本地螞蟻扔進去支援。螞蟻多咬死象，外地螞蟻終於被殺得丟盔棄甲，屍橫遍野。本地螞蟻也不好受，大多受了傷，沒隔幾天就死光了。

螞蟻工坊內最終只剩下一地殘缺的蟻屍。

現在想來，那時的自己果然是熊孩子不懂事，沒心沒肺。

十歲時候養蠶寶寶也同樣如此，蠶寶寶們華麗的結繭後，最後被我用各種各樣的奇葩方式扔掉了。

熊孩子的世界，就算是我本人，也同樣不知道當初究竟在想些什麼。

恐怕我就是個不適合養寵物的動物。這輩子能夠養成功的小動物，就只剩餃子這隻小蘿莉了。

在這裡，我要高呼奶爸萬歲！

說話間，猛然想起最近的一封讀者來信。信的主人是一位漂亮女生，她說自己十五歲時開始看本帥哥的小說。經歷了初中、高中、大學。戀愛了，失戀了。然後又戀愛了，終於走進了婚禮的紅地毯，讀懂了我在《夜不語詭秘檔案 201：鏡仙》中，關於婚姻的描述。

二〇一四年一月，她生下了人生中第一個寶寶。她說，她會將夜不語系列繼續看下去，也會將夜不語的全套當作傳家寶，一直傳給自己的兒子。更希望，這輩子都不會看到夜不語系列的結束。

讀完全信，本帥被感動得稀哩嘩啦，差點哭出來。

奶爸祝福妳，希望妳全家幸福。

就這樣吧，囉囉嗦嗦沒有主題的寫了這麼多，自己都覺得亂七八糟起來。還是那句話，二〇一五，也請繼續支持夜不語系列。

謝謝！

夜不語

人物簡介

時女士：時悅穎的姐姐，妞妞的媽媽。閨蜜叫她石頭。

妞妞：一個六歲多的可愛女孩，神秘失蹤了。

張筱桂：時女士的閨蜜。綽號是小桂龜。

時悅穎：我失憶後照顧我的女孩，很秀逗，愛看連續劇。

陰胎

胎兒，是指妊娠八週以後的胚胎體。

自古以來，對嬰兒未出世前就夭折流產的事情，人類總是忌諱的。認為那是不祥的預兆，絕後的預兆。

所以對流產的女人，也異常的殘忍。

隨著時間的推移，社會的變遷。人工流產似乎變成了一件越來越平常的事情，彷彿人的呼吸般，輕鬆容易。墮胎前抽根菸，墮完胎喝杯小酒，然後就像是什麼事都沒發生過似的，繼續下一段的人生。

但對胎兒而言，本應該擁有幸福的他們，卻永遠夭折在了人的一念之間。常常有描繪死去的胎兒蘊含怨念報仇的故事傳說。

空穴來風的事情永遠不少。之所以從古至今流傳著如此多嬰靈報復的怪談，或許，並不僅僅只是怪談而已……

楔子之一

最近春城的初冬，越來越冷了。氣溫常常徘徊在十度以下，不習慣穿著厚衣的春城人，也不得不紛紛湧入購物街添置冬裝。

其中的一條購物街上，兩個看起來靚麗的三十多歲女性正在一邊走，一邊閒聊。其中一個漂亮女人身旁，有個六歲模樣的可愛小蘿莉牽著媽媽的手，嘶著嘴，不知在想什麼。

「要我說啊，石頭，其實女人最需要炫耀的是自己的腦袋，因為嚴格來講只有腦袋才屬於女人自己。而身體的上半身則屬於自己的兒女，下半身則屬於自己的丈夫……」右邊的美少婦一邊用眼睛掃視購物街兩旁櫥窗裡是否有心儀的衣服，一邊突發感慨。

「小桂，妳又在說葷笑話了。」叫做石頭的女子微微笑道，她的笑容裡有種說不出來的溫婉，一舉一動都流露著賢妻良母的氣息。那氣息令人很舒服，也吸引了無數男子不斷回頭張望，感嘆究竟是誰那麼有福氣，居然娶了這麼一位男人都想娶到的女人回家。

「什麼叫葷笑話。這是哲理，哲理妳懂嗎？已經可以昇華為人生哲學了！」叫小桂的女子撇撇嘴，突然蹲下身，摸著小蘿莉的腦袋，笑得像個怪叔叔：「妞妞，今晚跟阿姨睡覺好不好？」

「不要。」小蘿莉仍舊嘶著嘴，使勁的搖頭。

「阿姨給妳買糖喔！」小桂抹了抹嘴邊的口水。

「嗚嗚，不要。討厭，妳是壞人！」小蘿莉明顯被嚇到了，嘔氣都顧不上，連忙躲到媽媽的腿後邊。

「好啦，別把妞妞嚇壞了。我說妳啊，小桂，妳見妞妞一次就嚇她一次，她會喜歡妳才怪！」石頭嘆了口氣。

「嘿嘿，妳知道我就好此道。對小孩子完全沒有抵抗力！」小桂訕訕的笑了兩下，突然想到了什麼：「再過兩個月，誠哥就要被判定為死亡了，對吧？」

「對啊，他已經失蹤六年了。其實法律上在三年前就可以判定為死亡了，只是我一直堅持繼續找。」石頭臉上閃過一絲難以察覺的苦澀：「為了我，也為了妞妞。我一直希望能找到阿誠。哪怕是一具屍體也好，至少，妞妞還能親眼看看自己的爸爸。」

「是啊，誠哥比我更喜歡小孩。他知道妳懷了妞妞後，欣喜若狂，逮著我們那口子喝了個通宵。結果，唉……」小桂說不下去了，她知道自己每多說一句，就會在自己閨蜜的心口上深深的割一刀。

「好了，不說我了，說說妳自己吧。」石頭開口道：「聽說妳前些天去了上海半個月，怎麼樣，身體能調理好嗎？」

「不知道，上海的專家說，我的輸卵管堵塞，子宮狀況也不好。現在想要懷孕恐怕還是很困難。」小桂搖頭，臉色頓時黯淡下去。

「你們都結婚十年了，還沒懷上孩子。唉，努力加油吧。」石頭摸著自己女兒的小腦袋：「沒有孩子簡直就是一場噩夢。如果沒有妞妞的話，阿誠失蹤的這六年多，我恐怕早就撐不下去了。」

「我有什麼辦法，那麼多年了，我幾乎將國內外所有的名醫都找遍了，依然毫無動靜。生孩子這種事情，恐怕真的需要緣分吧。年輕的時候生孩子像拉大便一樣簡單，可惜就是沒錢。等我倆都有錢了，身體卻不行了，懷不了了。說起來都傷心。」小桂轉移了話題：「不過，虧妳一個人能夠將誠哥的產業撐下去，還越做越大。石頭，妳簡直就是天生的女強人。」

「什麼女強人，還不是被逼的。如果不是悅穎懂事，經常幫我，我根本就沒辦法把公司的事務打理好。」石頭淡淡說道。

「對了，妳家的悅穎還沒有男友啊，都大學畢業了吧？要不要我介紹一個給她。我認識的青年才俊可不少，要錢有錢，要權有權。以悅穎的美貌和遺傳自妳們家族的溫婉氣質，大把大把的男人搶著要她。」

石頭輕輕搖頭：「有空妳就自己去跟她說吧，我說過無數次，嘴巴都磨破了。完全沒有用。」

小桂臉色一凝：「悅穎不會還忘不掉那個她莫名其妙撿回去的男人吧？」

說到這，一直都低著頭沒有作聲的小蘿莉突然就抬起頭來了，清脆的說：「那個哥哥叫小奇奇，妞妞還記得他喔。悅穎阿姨經常提到小奇奇叔叔。」

石頭一攤手：「妳看，事情就是這樣。都三年多了，悅穎那傢伙一有空就到小奇奇的衣冠塚前除草澆水，說她，她根本不聽。安排她相親，她也根本不去。看起來她這輩子都不準備結婚了。每次一提到這，她就說自己已經是結過婚的人。只是那個人，已經不在了！」

小桂頓時撫摸著自己的額頭，很是無語：「妳們時家女人都是倔脾氣，性格簡直難以理解。妳母親守寡了六十多年，直到死還對自己的丈夫念念不忘。誠哥失蹤了六年，已經可以判定死亡了，但妳看起來這輩子是不準備改嫁了。妳們時悅穎，對一個認識才幾個月的男人至死不渝。就算他死都要立衣冠塚，嫁給一個死人。我有時候覺得，妳們時家是不是真的被詛咒過！」

「或許是真的被詛咒了吧。」石頭苦笑連連，被閨蜜這麼一說，似乎真的是這樣。時家的女人，真的太苦了。

「走，不說這些鬱悶的事了。我們倆好不容易才聚在一起，今天要大肆血拼一下才能對得起自己。走，去那家內衣店看看。」小桂拉著石頭的手就往右側的一家大型內衣連鎖店走。

石頭抗議道：「妳不是已經買了十多件內衣了嗎？」

「女人的內衣，一百件都不夠。」小桂像是想起什麼似的，猛地笑起來：「對了，我突然想起一個朋友。前些日子她跟我逛街，對我說她小時候不懂事，看電視劇中間插播的豐胸廣告，不敢直視，覺得很難看，然後就對著鏡子祈禱希望自己以後胸部別變大。妳知道嗎，她的願望真的實現了。哈哈，笑死我了！」

小桂一邊講趣聞，一邊往內衣店裡走。而石頭剛走沒幾步，突然感到手心一空，妞妞掙脫自己的手，鑽入了前面的人潮。

「妞妞，回來！」石頭頓時停下腳步，連忙追上去。

小桂也被嚇了一跳，她眼睛尖，喊道：「妞妞好像朝前邊跑了。讓一讓！」她將前方的人潮推開，而石頭已經擠入擁擠的人群中。六歲女孩的高度在人群裡並不顯眼，還好妞妞穿著鮮豔的桃紅色外套，偶爾能在縫隙裡若隱若現。

「妞妞還在為剛才的事情鬧彆扭？」小桂問。

石頭焦急的搖頭：「妞妞一直都很乖，比普通小孩懂事得多。她氣歸氣，絕對不會為那種小事就鬧彆扭到處亂跑。」

「那就怪了，她是不是看到了什麼東西！」小桂皺了皺眉頭，指著前方說：「我看到了，她在那兒，我們快追上去！」

一邊喊著一邊拖著石頭使勁的往妞妞的方向衝。

購物街上人潮洶湧，就像一把一把的利刃，生生將三人之間的距離切割得支離破碎。

妞妞朝著購物街上的一面牆走去，那面牆上畫著一座古色古香的古鎮。古鎮上的一條街在牆體上以立體的方式鋪陳開。

青石板鋪就的街道在牆角處不斷朝著牆頂延伸，古道兩旁是老舊低矮的清代房舍。房簷上的青瓦已經變得黑漆漆了，偶爾佈滿的青苔，讓畫面中的古鎮更顯古意盎然。

妞妞就這樣站在畫牆前，抬頭看著畫中的其中一間屋子，彷彿發現了什麼似的。

「妞妞，快回來。」石頭好不容易才擠到妞妞身旁。看到自己的女兒已經近在咫尺，她的心稍微安定了些。

小桂也擠了過來。

「妞妞，妳幹嘛亂跑。」氣質恬靜的少婦瞪了自己的女兒一眼，被她這麼一鬧，難得和閨蜜逛街的興致全沒了。

「媽媽，裡邊有什麼在叫我！」妞妞伸出白嫩的手指，指著畫說道。

石頭沒好氣的說：「那只不過是一幅畫罷了，怎麼可能叫妳。」

話還沒說完，她整個人都呆住了。只見妞妞賭氣似的說道：「真的有什麼人在叫我。妳看，就在那裡！」

妞妞往前踏了幾步，就在石頭和小桂的眼皮子底下，居然整個人踏入了壁畫裡的古街道上，走入其中一道門裡。

少婦和她的閨蜜簡直不敢相信自己的眼睛。熙熙攘攘的人群，令兩人全身發冷。過了幾秒鐘，妞妞已經消失在畫中，少婦完全傻了眼。

「妞妞！妞妞！妞妞去哪了？」她只感覺腿一軟，用盡全身力氣拚命的用手敲打那副壁畫。

壁畫表面發出「啪啪啪」的實心敲擊聲，可不論如何敲打，都沒辦法把妞妞找出來。目睹了一切的小桂癱軟在地上，瞪大了雙眼。一個活生生的人，怎麼可能走進畫中，還消失了呢？

妞妞？到底去了哪裡？

這個問題沒有人能回答。繁華的購物街，無數人走走停停。像是看瘋子似的，看著兩個漂亮的女人，一個啼哭著，發瘋般的敲打牆壁，敲打得雙手都流淌著殷紅的血。

而另一個，目瞪口呆的傻傻看著壁畫，猶如自己也石化了般……

楔子之二

游雨靈瘋了似的往前跑，那個男人要自己逃，使勁的逃。於是她真的逃了。女孩沒法不逃，因為她發現站在不遠處含情脈脈的看著夜不語的女人，自己居然看不透。

父親雖然不願意自己繼承衣缽，但是她畢竟仍舊出身於傳承悠久古老的風水世家。靠著自學和耳濡目染，還是知曉許多神秘的東西。例如現在她貼在雙腿上的符咒，像是傳說中的神行符。

但，女孩很清楚，那並不是神行符。而是借助鬼門繁衍出來的一種可怕的別類物品。物品繁衍的物品雖然附帶著有用的屬性，但是負面影響卻大得很。

那個和夜不語對峙的女人，顯然是暗地裡製造豔屍鬼的操縱者。那個女人很強大，雖然看起來柔柔弱弱，但是這個有些秀逗路癡的女孩明白得很，若那女人想要殺了自己。只需要動動手指而已。

無論自己跑得有多快，或許，都是徒然的。

游雨靈拚命的朝相反的方向逃，有生以來第一次，她感覺到無比恐懼。那人居然自始至終沒有看過她一眼，可是敏感的游雨靈卻能感覺到女人身上散發出來的噁心氣味，猶如淡淡的屍臭。

正常人聞不到這樣的味道。

正常人也絕不會散發出這種味道！

很意外的是，強大的女人並沒有追趕自己，也沒有殺了自己。那女人似乎故意將她放走了。

就在快要離開兩人視線範圍時，游雨靈身形稍微放緩慢了些許，強壓住怦怦亂跳的心臟，向後看了一眼。

夜不語只剩下了一個微小的影子，游雨靈的眼睛很好，可以看到他的臉色鐵青。

「放心，我絕對會找到你的人，讓他們來救你。」游雨靈右手死命的捏住了夜不語大喊叫她逃時，暗地裡塞給她的那封信。用力到信封都變了形。

李夢月！黎諾依！

游雨靈默唸著這兩個女人的名字，暗自揣測這兩人和夜不語究竟是什麼關係。心急如焚的她不由得再次加快了腳步。

夜不語不過是個普通人而已。這一點游雨靈清楚得很。讓他面對那麼可怕的女人，根本就沒有勝算。

那個女人究竟是什麼來歷？為什麼要特意孵化出魙屍鬼？還佈下天羅地網，為的居然是抓住夜不語這個普通人？

看來這個夜不語，恐怕也不像是表面上那麼普通。

游雨靈有鬼門繁衍出的兩張符咒，很快就離開了綠山的範圍。逃沒多久不算太遠，結果可恥的又迷路了。突然，迎面走來了一個熟人。

那是一個極為年輕的女人，看起來只有二十來歲，黑色的長髮披肩。眉宇間蘊藏著一絲甜甜的笑意，可長長睫毛下遮蓋的黑色大眼睛裡，卻隱藏著腹黑屬性。這是個絕美的女子，在山澗小路上閒庭逸步。她顯然也看到了游雨靈，連忙招呼了一聲：「雨靈，妳怎麼在這裡？」

同一時間，游雨靈也驚呼了起來：「韻含姐，妳怎麼來這兒了？」

趙韻含微微一皺眉，隨即笑道：「看來，我們為的是同一個目標呢。」

看到趙韻含，游雨靈似乎安心了一些，心底深處因為那個會散發著惡臭的女人而冰冷刺骨的顫慄感也少了些許。

「韻含姐，妳也是為了鬼門？」女孩停住腳步後，仍舊不停的向後張望，生怕那女人殺了夜不語後追上來。

「不錯，游家世世代代守護的鬼門離開了封印處。姨父死前定下的衣缽傳人似乎也死了，我只能來收拾殘局。何況，這裡還有個我很感興趣的傢伙。」趙韻含嘴角微微上翹，露出美麗的唇形。

「話說，雨靈，姨父明明不准妳攙和進這種事情裡。這可是他老人家臨死前的遺訓，妳這麼快就忘了？」趙韻含責怪道。

游雨靈有些黯然，隨即想到了自己這位表姐似乎也很神秘，父親曾經說，趙韻含貌似非常厲害。於是她來不及敘舊，匆忙道：「周岩已經被殺了，鬼門被一個可怕的女人得到了。韻含姐，快跟我去救一個人！」

「救人？救誰？」看到自己的遠房親戚如此焦急，趙韻含愣了愣。

「他叫夜不語，是我在殯儀館認識的！」游雨靈張嘴說道，一把拽住趙韻含的手腕準備往回走。

「夜！夜不語！」趙韻含大吃一驚：「妳遇到他了？」

「妳也認識？」游雨靈顯然有些詫異。

「熟人。」趙韻含苦笑，自己這位小表妹遇到了那個喪門星居然沒有被他的掃把屬性給掃死，真是命大。

「那太好了，我們快去救他。他被一個很可怕的女人逮到了。」游雨靈大喜。沒想到趙韻含居然也知道他，以姐姐的能力，說不定能救他。

趙韻含卻硬生生的停下了腳步，輕輕搖頭：「如果妳遇到的真是夜不語，那麼和他在一起的那個女人，恐怕我也稍微知道一些。那女人，我們倆打不過。過去了只是送死罷了！」

「那怎麼辦？」游雨靈愣了愣，她急得快哭了。

「妳既然能逃跑，那麼以夜不語縝密精細的頭腦，肯定給過妳某樣東西。那樣東西，也救了妳一命！」趙韻含想了想問。

游雨靈立刻將手中的信遞了出去：「他給了我一封信。」

趙韻含將信接過來，看了一眼封面，沒有拆開，點頭道：「很好。他家的守護女就在附近，有那個超級蠻力三無女，那個女人也不足為患。」

「那還等什麼，我們快去找她。」游雨靈連忙道。

「行，我們去找她。」趙韻含一邊說，一邊卻做了一件令游雨靈難以置信的事情。她居然徒手將那封信撕得粉碎。

趙韻含一放手，粉碎到就連拼接起來都無法做到的信件碎屑就隨風飄散，飛向了遠處。

「妳，妳在幹嘛！」游雨靈瞪大了眼睛，她尖叫一聲，瘋了似的向那些碎屑撲去。

趙韻含只是冷哼了一聲，沒有阻止。她清冷的目光穿透了空氣，落到了遠處。夕陽的餘光，將她的影子拖得很長，長到了另一座山的山腰。

游雨靈只來得及抓住被風吹走的幾張碎屑，突然腦袋一痛，眼前似乎黑了一下。疼痛感來得快去得也快，彷彿幻覺般在半秒後消失得無影無蹤。

她睜大眼睛，迷茫的看著手裡的碎屑，有些疑惑。

怪了，自己在這裡幹嘛？這些碎屑到底是什麼東西？

她回過頭，看到了一直在往遠方望的趙韻含，驚訝道：「啊，韻含姐，妳怎麼在這兒？」

趙韻含收回了目光，嘆了口氣：「傻瓜，妳忘了我們是來這裡旅遊的啊？」

「旅遊？」游雨靈疑惑的眨巴了下大眼睛，腦子有些亂。似乎，自己是真的和趙韻含來旅遊的。自己怎麼現在不但路癡，還健忘，居然連這種事都給忘了。

她隨手想要將手裡的碎屑甩掉，可是不知為何，轉眼又換了念頭，把碎屑揣入口袋裡，跟在趙韻含身後。

「韻含姐，我們現在去哪兒？」

「我想想。」趙韻含低下頭真的稍微想了一下：「總之也無聊，我們就去，江陵市吧！」

江陵市？為什麼要去江陵市？

游雨靈剛閃過這個念頭，就打消了疑慮。不知為何，她突然覺得去江陵市似乎是一件很符合邏輯的事情。

沒有被她甩掉的信件碎屑冷冰冰的躺在她的褲子的口袋裡，就這樣跟著她一起，去了江陵市。

第一章 小奇奇

有人說，小時候畫在手上的錶沒有動，卻帶走了大部分人最美好的時光。話是這樣說的，可是我最美好的時光究竟是什麼時候？我不知道。自己小時候到底有沒有無聊到用油性筆在手腕上畫時針分針秒針永遠都不會動的錶，我也不清楚。

因為，不知什麼原因，我失憶了。

我醒過來的時候，是在一條街道上，一條不知道在哪的街道！這條熙熙攘攘的街道讓我有些發暈。我是誰？我怎麼會在這裡？我疑惑著，看著來來往往的行人發呆。

頭頂的太陽很刺眼。

購物街，這裡似乎是某個城市的購物街。事後，我才知道這裡，是江陵市。

我的腦海裡跳出了「購物街」這個詞彙後，身體感覺有些累了，於是找了個冰冷的牆壁，靠著緩緩坐下。

什麼都記不起來了？腦袋裡什麼畫面都沒有。我甚至不清楚，自己到底是誰。從我身旁走過的人，通通都嫌棄的捂住了鼻子。

「那個乞丐好臭啊，城管究竟在幹嘛，怎麼讓一個臭乞丐跑了進來？」一個女孩經過時，抱怨道。

突然，跟著她逛街的另一個女孩，發出「咦」的一聲，猛地停住了腳步。

「怎麼了，悅穎？妳在看什麼？」那個使勁捏著鼻子的女孩奇怪的問。

「沒什麼，總感覺他看起來有些眼熟。」這女孩輕輕搖了搖腦袋，疑惑道：「可能是錯覺吧。我認識的那個他，明明已經死了。」

說著就準備和閨蜜離開，但是走了兩步後，她終究還是想不通，又走了回來：「喂，這位先生，你叫什麼名字？」

「我？」我抬起頭，露出一絲苦笑：「抱歉，我忘了。」

「你忘了？」女孩眨了眨眼睛，美麗無瑕的臉上，突然露出奪目的笑：「既然忘了，那就忘了吧。喂，忘記自己是誰的先生，要不要跟我回家？」

她旁邊的女孩嚇了一跳：「啊，妳要撿這個乞丐回家？不會吧，悅穎，妳腦袋秀逗了？平常撿一些小貓小狗什麼的，我也就不說妳了。但這次妳居然撿一個人！一個人耶！而且還是個臭氣沖天的乞丐……喂，我說妳呢。妳還真撿啊？」

女孩完全不在意自己閨蜜的話，用力挽住我的手，使勁的挽住，用力到似乎一放手，我就會再次逃掉似的。

怪了，為什麼我會認為是再次逃掉？

我不解的看著這個女孩，她近在咫尺的的臉上滿是紅潤和興奮，絲毫不在意我身上的惡臭。

難道她認識我？

我迷惑著，被她拉走，越走越遠。

「忘記自己是誰的先生，我給你取個名字吧。就叫，嗯，就叫……」女孩笑盈盈的，將頭靠在我的肩膀上：「就叫小奇奇怎麼樣？」

小奇奇？多古怪難聽的名字。

我剛想抗議，女孩就不停的喊了起來：「小奇奇，小奇奇，小奇奇，小奇奇，小奇奇！」

女孩叫著叫著，不知何時，竟然淚流滿面。一邊笑一邊哭。

她，怎麼哭了？

我們三人的背影在陽光下被拉長，逐漸遠去。

我就是這樣，被時悅穎撿了回來。用她的話來說，是再次被撿了回來。

我叫小奇奇，這是時悅穎說的。這個我覺得陌生，但是似乎又有些熟悉的漂亮女孩還說，我是她的丈夫。失蹤了幾年，她絕望了，甚至為我買了墓地立了衣冠塚。沒想到卻在今天，鬼使神差的再次將我撿了回來。

可是我總覺得，她的話語裡，有些地方不太對勁。但對於一個失憶的人而言，直覺什麼的，也沒什麼太大的意義。因為萬事萬物都需要參照，沒有了記憶的我，已經完全缺失了參照物。

「去洗個澡吧。嘻嘻。說起來，你還真臭呢。」時悅穎將我帶到了一棟大大的別墅中，她的嘴角一直彎著，大大的眼睛也彎著，喜笑顏開得像是兩彎美麗的月牙。

女孩將我推入浴室裡，在浴缸中放入熱水後，又走了出去：「我替你找找換洗的衣服。你三年多前的衣服，還替你留在衣櫃裡呢。」

我撓了撓頭，脫掉確實非常骯髒的衣服，將身體浸入溫水裡。舒服的水溫包裹著皮膚，我不由得呻吟了一聲。亂糟糟的腦袋，終於清醒了許多。

自己究竟是誰？真的是小奇奇，時悅穎的丈夫？她說我失蹤了三年，那麼這三年中，我究竟遇到了什麼，為什麼一點兒記憶都沒有？

我抬起頭，對面的鏡子裡清晰的印著自己的模樣。說實話，那張帥氣的臉，對我而言也極為陌生。瞳孔中接收到的景象和大腦無法對應。

這，就是我的臉嗎？

摸了摸自己的臉頰，我更加疑惑了。腦袋中一片空白，我甚至記不起遇到時悅穎之前的任何事情。

她發現我時，我乞丐似的在購物街上坐著，看著熙熙攘攘的人群。但是我究竟是怎麼去那條購物街的？去購物街之前，我又做過些什麼？

這一切的一切，自己都一概不知。只剩如死一般的空白，那空白，猶如哽在喉頭的肥肉，吞不進去，吐不出來，說不出的難受。

伸了個懶腰，我儘量不再胡思亂想下去。總之無論如何挖掘自己的記憶，想要挖出沒有的東西來，哪怕是神仙，恐怕也做不到吧。

我胡亂的洗著澡，手指摸到身上的皮膚時，突然猛地皺起了眉。

從浴缸中站了起來，不斷的檢視著自己的身體。

怪了，身體明明沒有想像中那麼骯髒，甚至就連污垢都沒有，白白嫩嫩的，不像是個長期流浪的乞丐。

身上的水不停順著皮膚滑落，我撿起了地上發酸發臭的衣服，仔細瞧了瞧。衣服髒到看不出料子成分和樣式了，但確實應該是經常和垃圾堆接觸。

我就是穿著這樣的衣服流浪了三年多？

可如果我真的常常在垃圾堆中過日子，皮膚怎麼還是現在這種養尊處優的模樣呢？

還是說，這套衣服，其實是不久前才剛剛有人替自己換上去的？

替我換衣服的人究竟是誰？他們有什麼目的？為什麼，之前的事情我甚至一點都記不起來了？失憶，還真是一種麻煩到討厭的病呢。

正想著，這時，有人輕輕推開門走了進來。

「呀！白花花的屁股！」時悅穎正樂呵呵給我拿換洗的衣服，突然看到赤身裸體的我背對著她站在浴室中央，不由得驚叫一聲，立刻用衣服蒙住了眼睛。害羞的女孩紅著臉，又不甘心將視線全部捂住，乾脆用賊亮的眼眸賊兮兮的從衣服縫隙間不斷偷窺。

我連忙跳進了水池裡，尷尬得要命。

「好啦，好啦，都老夫老妻了，看一下裸體又不會要命。」時悅穎將折好的衣服放在架子上，想要擺出堂堂正正的模樣。可是臉還是紅通通的，視線亂竄。等看到我也同樣不好意思的正坐在水中，努力想要藉著浴缸裡的水將身體隱藏起來時，頓時狡猾的笑了。一邊甜甜笑著，一邊不知打著什麼鬼主意。眼睛骨碌碌的轉了一圈後，乾脆將身上單薄的睡衣脫掉。

老天，這女孩究竟想要幹什麼？我正準備開口，時悅穎已經笑盈盈的先說話了：「別怕，本美女不會對你怎麼樣。就算是要敘舊，我也會等到晚上夜黑人靜的時候，嘻嘻。」

她眨巴著眼，脫得只剩下內衣褲後，猶豫了片刻。最終還是不好意思將最後的遮羞布脫下來。女孩姣好的身體不斷向我靠近，接著踮起雪白的腳尖，試了試浴缸裡的水溫後，跳了進來。

浴缸裡的水不停地晃動、蕩漾，一如我慌張失措的心。

「在外邊流浪了那麼久，一定吃了不少苦吧？」時悅穎坐在我身後，小小的浴缸空間，讓我倆緊貼在一起。她伸出纖細的手指，用指甲在我的後背上輕輕劃了一下。

我緊繃的身體頓時繃得更緊了。

「作為妻子，替丈夫擦背是義務喔，真的。」女孩的聲音也在發抖，她用緊張的語氣強調道，不知是說給我聽，還是說給自己聽。

這個自稱是我妻子的人，還真是大膽。難道，她真的是我的妻子？

我皺了皺眉，心裡很矛盾。有這樣的妻子，似乎也挺不錯的。人漂亮，性格也溫柔，雖然骨子裡透著那麼一丁點古靈精怪，但確實是個做妻子的好料。以前的我究竟是什麼人，居然有幸能娶到這麼好的女人？

時悅穎扯過一條毛巾，輕輕的擦拭起我的背，她的手不時發抖著，擦得很生疏。彷彿第一次為別人擦身體。

好不容易才將後背擦完，她拍了拍我的肩膀，用顫抖乾澀的聲音說：「小奇奇，轉過來，我，我替你擦前面。」

「不用。」我連忙拒絕了。就算她真是我的妻子，可是對失憶的自己而言，女孩也不過是陌生人而已。讓陌生人看光自己的裸體，實在有些不妥。至少，我做不出來。

「有什麼不好意思的嘛，都老夫老妻了。」時悅穎見我不樂意，乾脆用力抓住我的肩膀，想將我的身體扳正。

我奮力抵抗：「真的不用了，我自己會洗。」

「我一個女生都不在乎了，你男的還嘰嘰歪歪，性格怎麼還是和以前一樣那麼彆扭！」時悅穎更加用力了：「你還是不是男人，是男人就給我轉過來。最多，我不洗你重要部位嘛！」

我拚命埋著臉，幾乎想要將腦袋埋進肚子裡。此刻不知道該哭還是該笑。電影電視裡的頂級福利突然出現在了自己身上，我卻一丁點興奮的情緒也沒有，只剩下侷促不安，以及對失憶的淡淡恐懼。

我不知道該何去何從，遺忘一切的自己，時悅穎就是最後的一根救命稻草。所以她說要把我撿回去時，我毫不猶豫的就跟她走了。

誰知道，會遇到這羞死人的一幕。

時悅穎扳不動我的身體，乾脆從水中站起來，從我的肩膀上繞過去，以飛快的速度繞到我的前面。

只感覺一股柔嫩滑膩溜進懷裡，女孩已經從背後滑入了我的正前方。她的內衣被水打濕後變得更加單薄貼身，我感到兩團碩大的柔軟隔著薄薄的布擠壓在胸口上，充滿彈性，壓得我無法喘息。

女孩的臉紅得像是富士蘋果，她蜷縮著身體，好不容易才鼓足勇氣抬起頭。我驚訝之下也將深埋的頭抬了起來，一時間，四隻眼睛對視在了一起。

女孩的眼神清澈，漆黑的眸子一眨不眨的看著我。深深地看著，就彷彿一眨眼，我就會離開，永遠的離開，再也無法找到。

被水打濕的長髮披散在白皙的肩膀上。時悅穎美麗的臉頰，離我的鼻尖只剩下五公分。

女孩就這麼愣愣的看著我，情緒從欣喜，變為憂鬱和悲傷。明亮的大眼睛中不知何時蒙上了一層水氣。都說女人像是不可捉摸的天氣，時悅穎嚴格的遵循了這個說法。淚水，不知為何開始大滴大滴的從眼眶中流出。

止也止不住。

大滴大滴的眼淚從臉頰滑落下去，滴在浴缸中、融化在我倆之間的水裡，了無痕跡。淡水，會因為她的眼淚而變鹹嗎？

「妳，怎麼又哭了？」我丈二金剛摸不著頭緒。自從看到我後，這個女孩的情緒就一直陰晴不定變化迅速。自己完全搞不清楚她究竟想要幹嘛，究竟在想什麼？

難道三年多以前的我對她很不好，所以她一想到我就會傷心落淚？似乎不太對，如果對她真的不好的話，她為什麼在街上發現我後不轉身離開，而是興奮的將我撿回來？可用資訊太少，我實在無法分辨女人這種複雜生物的想法思維。我被她哭得越來越迷惑，也越來越手足無措。笨拙的抬起手想要擦乾她的眼淚，女孩卻哭得更厲害了。

她一把將我抱住，緊緊抱住，死也不放手。

她大部分赤裸的身體和我完全貼合在了一起，我愣了愣，輕輕拍了拍她的背。

「不要再離開我了，再也不要離開我了。」時悅穎哭得梨花帶雨，她的手臂用力到恨不得將我擠進身體裡。

這一刻，我實在不知道該怎麼回答。

時悅穎抽泣著，揉了揉眼睛。她止住哭泣，擦掉眼淚後，又用哭紅的眼睛瞪了我一眼：「笨蛋，就算是騙我，聽到女孩子哭成那樣，你也應該說我再也不離開妳了！哼，哪怕只是騙我都好！」

我仍舊悶不作聲，拍著她的背。雖然是失憶了，但是自己卻直覺到，自己無法做出這種承諾。哪怕只是撒謊！

時悅穎輕輕嘆了口氣：「算了，我就知道會這樣。慢慢來吧，總之都把你撿回來了，本美女有的是時間。」

女孩說完這句話，似乎感覺到了什麼：「咦，這什麼東西，怎麼一直頂著我。硬硬的，怪不舒服的！」

還沒等我反應過來，時悅穎已經將手探入水中摸到了水中那個硬硬的可疑物體。突然臉色變了變，女孩火燒屁股般從水裡跳出來。一時間，紅潤的臉頰佈滿了血色。

「討厭！流氓！」時悅穎一邊罵一邊用浴巾將自己秀色可餐的身體包裹起來：「真不知道你是這種人，大變態。也不說，等，等到晚上……」

女孩害羞的推門跑了出去，浴缸裡只剩下委屈到欲哭無淚的我。我撓了撓鼻翼，自己只是失憶，不是失去了本能。被一個美女近乎赤裸的抱著，如果還一點反應都沒有的話，自己就真不是個男人了。

我迅速洗完澡，換上新衣服。正準備離開時，握住門把的手停了停。我退了回去，找出一個袋子將臭氣熏天的乞丐裝包裹好。要想找到自己從前的身分，唯一的線索就是這套衣服。失憶症帶來了很多麻煩，至少，也要嘗試著搞清楚自己究竟是誰，做過些什麼，經歷過什麼。

直覺告訴我，如果搞不明白，會很危險！

未知對人類而言，永遠都是恐懼的。對自己是什麼人、叫什麼、多大的年齡不清不楚。會讓我極為抓狂！何況，總覺得有一件事情很在意。據時悅穎說，既然我是她的丈夫，而且失蹤了三年多。

為什麼今天會好巧不巧的，出現在她正在逛著的購物街呢？我從來不信緣分這種玄之又玄的東西。難道冥冥中，有一隻手在操縱著這件事？

我滿腹猜疑的走出浴室，客廳裡，時悅穎正嘟著嘴巴。看到我走出去後，臉色不由得紅了紅，抓住過那處堅挺的右手還動彈了幾下，滿臉複雜。

「妳說我是妳的丈夫，總有些證據吧。」我倆周圍縈繞著若隱若現的尷尬，自己假咳嗽了兩聲，開口道：「跟我說說，我究竟是誰？」

時悅穎點點頭：「我也正準備告訴你一些事情。」

女孩微微瞇著眼睛，拿出了一疊相冊：「我們先從照片開始吧。一邊看，我一邊跟你講。小奇奇，說實話，我和你的相遇，還真是一次比一次有戲劇性呢。」

她的話音還沒落，就聽到別墅的大門外傳來了一陣尖銳吵雜跌跌撞撞的停車聲。車似乎撞在了車庫的牆壁上，發出了巨大的響聲。時悅穎和我對視一眼，我們倆立刻朝車庫門跑去。

一打開門就看到一輛賓士越野車和靠門的牆壁處親密接觸在一起，車燈徹底碎掉了。冰冷的玻璃碴散落了一地，晶瑩的反射著這個冰冷的世界。

兩個漂亮的少婦滿臉驚慌失措的從車上走了下來。其中一個癱軟著，臉色煞白，幾乎沒有血色。可我卻看不出來她有什麼外傷。

「小桂姐，我姐姐怎麼了？」時悅穎看到自己姐姐的模樣，大驚失色的走了上前去，將其中那位癱軟成一團的恬靜少婦從叫做小桂的少婦手裡扶了過去。

小桂姐喉嚨顫動了幾下，卻始終緊張得發不出任何聲音。

我走過去摸了摸時悅穎姐姐的脈搏，又看了看她的瞳孔：「她沒受傷，只是驚嚇過度了。」

「驚嚇？我姐姐受到了什麼驚嚇？」時悅穎眨巴著眼，一臉無法理解的看向小桂姐。

小桂姐使勁的想要張嘴，兩片紅潤性感的嘴唇好不容易動彈了，結果仍舊還是說不出話。

「小桂姐，妳這又是怎麼了！」女孩氣惱的提高了音量。她從前覺得自己姐姐的這位閨蜜挺大膽、性格也挺粗獷的。現在居然也嚇成了這副模樣。究竟眼前的兩人遇到了什麼事，居然將處變不驚的姐姐都嚇到了！

「這位美熟女的瞳孔擴散得比正常人大，看來估計也是驚嚇過度。」我開口道，撐著下巴的手微微動了兩下。怪了，這兩個人應該不是因為撞車的原因。車是因為心不在焉和慌張匆忙的情緒才撞上去的，是什麼事情讓她們這麼緊張恐懼？

還沒將姐姐扶進客廳，時悅穎突然意識到了某件事，猛地停住了腳步，就連聲音都變了音調。

「妞妞呢，她早上不是跟姐姐一起出去了嗎？妞妞怎麼沒跟妳們回來！」女孩的聲音經過聲道時，開始發抖。

妞妞這個名字剛傳進空氣裡，腦子一片空白的時女士立刻就清醒了過來。

「妞妞，妞妞不見了。」她救命稻草般緊緊抓住時悅穎的手，撕心裂肺的哭道。

「妞妞，不見了？」時悅穎眉頭一挑，雙腳發抖，險些一屁股坐在地上。我立刻走上去，將搖搖欲墜的兩人扶住。

「被綁架了？」我的視線環繞在豪華別墅四周，說出了這句極有可能性的話。

「不是，是失蹤了。我們完全不知道她失蹤去了哪裡！」小桂姐終於穩住了情緒。

「怎麼回事。具體經過是什麼，詳細的說出來！」我倒了三杯水，給三個女人一人一杯，讓她們壓壓驚。

小桂姐點了點頭，準備開口時，突然驚訝的反應過來：「喂，話說，你是誰？這別墅裡什麼時候冒出個像是男主人的男性了！」

「我是誰？」我愣了愣，下意識的看向時悅穎的位置。

時悅穎顯然還陷在妞妞失蹤的驚慌失措中，沒有任何反應。

「據說，我是時悅穎的丈夫。」我嘴角翹了翹，對於失憶的自己而言，自己的身分也只剩下這一個參考資訊了。

「丈夫？」小桂姐愣了愣，似乎沒有再深究的打算，或許也因為事情太詭異了，需要一個宣洩口，便將事情的前因後果說了一遍。

從購物街上的散步，到妞妞跑入畫中失蹤。聽完後，我愣住了。

人類，活生生的人類，怎麼可能走進畫中消失不見？這也太匪夷所思了！

第二章 詭異的壁畫

美國心理學家高爾頓．奧爾波特說，人眼看到的一切，其實是一種完全的主觀情感狀態的投射。這就如同面對謠言的反應，有些人相信謠言是因為自己對社會現實的憤怒。有些人則是逃避自己的內疚感，還有人是抱著恐懼之心。歸根結柢，全都出於一個情緒宣洩口而已。

現代人的生活過於複雜，你要計算今年要交多少稅費，你要琢磨內野高飛球的判定規則，你要訂機票，訂酒店，你要確保護照還在期限內，你還要抽時間度假……所以，忙碌的大腦就會對人眼所看到的一切進行處理。人眼就如人言裡的謠言，所見都已經過自己大腦的篩選。

歸根結柢為一句話，那便是親眼所見未必真實可信。

手足無措的時女士和驚慌失措的小桂姐坐上時悅穎的車，開往了妞妞失蹤的購物街。雖然報警了，但是警方說失蹤沒有超過二十四小時，不予立案。要她們聯絡購物街管理單位協調處理。

「按理說，孩子在哪裡失蹤的話，大人應該在哪裡等著才對。妳們為什麼急匆匆的跑回來了？」我坐在車的副駕駛座，輕聲問道。

小桂姐抽泣了幾聲：「報警了，管理處方面也派人在購物街上找。我們是怕妞妞是自己跑回家了，所以急忙回來看看！」

「也沒讓其中一個人在原地等？」我小聲咕噥著這句話，最終沒有說出來。兩個女人都已經亂成了一團，想來估計也沒力氣思考那麼多了。

時悅穎的開車技術很不錯，大約花了二十多分鐘後我們就到達了目的地。那條購物街離時悅穎撿我回去的地方相隔不遠，位於兩條平行線上。站在小桂姐提到的壁畫前，我仔細打量起來。

色彩筆畫覆蓋了整個牆面，畫的是一座古鎮。古鎮中屋舍的飛簷高高翹起，青石板道路極有立體感的向上延伸，一直延伸到看不清的盡頭。道路古鎮兩側店鋪林立，本應該很繁榮的景象，但是街道上卻偏偏一個人也沒有。這給了欣賞者一種極為不協調的、死氣沉沉與生機盎然相融合的感覺，正是這種感覺，為壁畫帶來了一絲特別。

「這個古鎮，應該位於川西的某個地方。建築風格符合川西的特點。」我觀察了一下，緩緩道。

時悅穎也焦急的上下打量著。小桂姐重回事故發生的地方，鎮定了些。指著壁畫的右下角說：「當時妞妞就是站在這個位置，雖然她背對著我們。但我有種奇怪的感覺，覺得她似乎在和壁畫中的什麼打招呼。然後就往前走了兩步，詭異的走到了壁畫上，最後消失在了這裡！」

小桂姐指著其中的一扇商店門說。

「這家商店和其他的店鋪不太一樣，沒有掛招牌，門也虛掩著，裡邊黑漆漆的，不太看得清。」時悅穎將腦袋湊到壁畫前，睜大眼睛使勁的看。

「咦，怪了。妞妞走進去時，那家店鋪明明大開著門，門內的場景還看得見！」小桂姐怪叫了一聲：「咦，咦。現在怎麼大門卻是關了一大部分？難道購物街的管理處換了壁畫！」

時悅穎在畫上摸了一把，入手處一片冰冷，眉頭不由得皺了起來：「這壁畫不可能換，它是直接畫上去的。小桂姐，既然妳看到過那家店鋪內的場景。那裡邊究竟是什麼佈置？」

小桂姐想了片刻，頓時捂住了腦袋：「是什麼呢，啊，頭痛死了。我怎麼完全想不起來裡邊的格局啊。」

「想不起來無所謂，我大概知道裡邊有什麼東西。」我看了店鋪外的格局，聲音稍微顫抖了一下：「裡邊，都是棺材！」

「你看得清楚？」時悅穎詫異道。

「看不清楚。」我搖頭，吐出了六個字：「這裡是，棺材鋪！」

「棺材……，鋪？」時悅穎的臉都白了，她光聽名字就有股不好的預感。

「你怎麼知道是棺材鋪？」小桂姐遲疑的問。

「看格局。」我的手在壁畫上比劃了一圈：「川西風格的古鎮，無論在哪裡，風格都是固定的。當鋪、衙門、棺材店、打鐵店和銀票鋪排列順序大致相同基本一樣，都是按照種類就近原則。這裡是打鐵店！」

我指著壁畫下方的第二排右側店鋪：「銀票鋪和當鋪相鄰。而棺材店不只需要木材，還需要大量訂製的鐵，所以往往會和打鐵店距離挨得很近。而且許多川西古鎮的棺材鋪都為了避免忌諱，不設招牌。但是會用隱晦的標識標明店鋪的屬性和用途。」

我的手指從第二排移動到了第一排，妞妞消失的店鋪門右側：「妳看，門兩側隱晦雕刻著棺材狀的雲紋。這讓我肯定了這個店鋪，肯定是棺材鋪。」

小桂姐瞪大了眼睛：「你小小年紀，怎麼知道那麼多？」

「我年紀不小了。」我苦笑一聲：「都……」

說到這兒，自己才突然想起，我居然連自己的年齡都忘記了。

「小奇奇，你今年二十二了。」時悅穎挽住了我的手，輕聲道。

「小奇奇。」小桂姐像是在挖掘腦袋裡的記憶，突然張大了嘴：「你就是那個悅穎經常提到的小奇奇？她的丈夫？怪了，你不是死了嗎？都死了有三年了！」

「小桂姐！」時悅穎責怪的橫了她一眼。

小桂姐尷尬的勉強笑了笑，咕噥道：「我就說妳們時家的女人腦袋全都一根筋，愛上一個男人後九百頭牛都拉不回去。無論那男人怎樣了，寧願守活寡都不願再嫁。剛才還在奇怪只有女人的別墅裡，怎麼又冒出了個陌生男人出來。」

「但是悅穎啊，妳家男人帥倒是挺帥，可怎麼老給人一種有些古怪的感覺。」小桂姐奇怪道：「我說不出來，總之他就是挺怪的。」

時悅穎看著尷尬的我一眼，小聲說：「或許是因為他又失憶了吧。」

「可是這傢伙哪裡有失憶人士的模樣。」小桂姐張嘴還想說些什麼，讓我越發尷尬起來，便打斷了她的話：「現在與其好奇我失憶的問題，還是先去安慰一下時女士吧。」

在車上時，時悅穎簡單明瞭的介紹了一下家裡的成員關係。對，時女士一個人將偌大的家撐了起來，這點我也是頗為佩服的。

一個家中只有大中小三個女的，一個男性也沒有。無論有錢沒錢，終究都是異常辛苦的。

時女士在我們觀察壁畫的時候，一句話都沒說。如同快要溺死的人般，滿臉絕望。我甚至能看到陰霾盤旋在她的頭頂上，就要將她壓得粉身碎骨了。

小桂姐嘆了口氣，走上去抱住時女士的肩膀：「石頭，別怕。妞妞會找到的。如果是綁架的話，綁匪一定會給妳打電話來提出要求。我們等一下再報警看看。」

「如果真是綁架還好，可是我就怕，就怕……」時女士欲言又止，她的嘴唇不斷顫抖使勁的發抖：「妞妞，我親眼看到妞妞她跑進了畫裡。哪個劫匪有如此匪夷所思的能力，又不是變魔術！」

「總會有辦法的。」我安慰道。突然，時悅穎尖叫了一聲。我猛地往身後望去，只見剛才站在我右側的女孩，現在正眨也不眨的看著壁畫，臉色煞白，彷彿看到了什麼極為驚悚的事情。

「怎麼了？」我疑惑的問。

「小奇奇，你……，看……」時悅穎結結巴巴的，用顫抖的手指著壁畫的一角。才剛看了一眼，我整個人也呆住了。

壁畫右下角的棺材鋪中，本來虛掩得只剩下一條縫的店門，突然被推開了些許。這怎麼可能！這明明只是一幅壁畫，而且確確實實是畫上去的。畫中的場景，怎麼可能變了？

就在我們的目瞪口呆中，棺材鋪的門越開越大。我驚訝的看見門內昏暗的光芒中，一根白森森的蠟燭正在燃燒著。整間店鋪就靠著那蠟燭的光線照亮。有個漂亮的，穿著時尚，和壁畫的風格完全不和諧的小女孩露出驚嚇過度的表情，正竭盡全力推著門，想要逃出去。

陽光順著棺材鋪打開的門照射了進去，一時間店內明亮了許多。我甚至能看到小女孩後邊，森白蠟燭的下方，一排排的棺材整齊的擺放著。

小女孩緩緩的回頭看了一眼身後，她似乎更加恐懼不安了。在她視線望去的位置所在，有一口棺材，一口黑黝黝的棺材。那口棺材和別的棺材完全不同。

棺材老舊、棺蓋上甚至爬滿了青苔。它隱藏萎縮在店鋪最黑暗的角落中，猛地動彈了一下。棺材蓋同時向上一震。

壁畫無聲，如同靜默的電影般，一幀一幀的放映敘述著棺材鋪裡正在發生的恐怖故事。

小女孩更加害怕了。她將自己的身體使勁的朝門縫裡鑽，希望能擠出去。身後那透露著無邊恐怖的老舊棺材震動得更厲害了。

就在女孩將一隻腳伸出鋪子外，眼看就要能逃走時。棺材蓋終究還是移開了一條小縫，一隻乾枯、五指上長滿了長長尖銳指甲的手，從棺材縫隙裡伸了出來。那隻猶如風乾臘肉般的手在虛空中猛地一抓，就在那瞬間，時間彷彿都凝固了般。

小女孩的表情凝固了，店鋪往外推的門凝固了。

只見小女孩張大嘴尖叫著，被一股看不見的力量往後拉去。棺材鋪的門也在一剎那間被關上，緊閉得嚴嚴實實。

我們四人睜大了眼睛，猶如四具被石化的雕像。壁畫恢復了平靜後許久，我才稍微能動彈些許。第一時間撲上去，用手摸著壁畫棺材鋪的位置。

入手處果然一片冰冷，完全只有剩下徹骨的水泥手感。怪了，壁畫確實是畫上去的，怎麼會像是動畫版播放呢？我的腦袋亂成了一團。

時悅穎也很混亂：「這，這究竟是怎麼回事。我剛才看到的，確實是真的？」

「妞妞，我的妞妞！」時女士瘋了似的撲上去，跪在涼冰透的地磚上，摸著壁畫聲嘶力竭撕心裂肺的哭泣。她的手亂抓，彷彿似乎這樣抓來抓去，就能將女兒從畫中拉出來。抓了幾下，指甲裂開了，殷紅的血順著牆壁往下流，在陽光下顯得極為淒厲。

小桂姐什麼話都沒說，她已經被嚇得失去了說話的能力。

我鎮定下來，迅速從時悅穎的包包中掏出鑰匙，用鑰匙將壁畫刮了一些顏料和水泥牆粉下來，拿紙巾包好。

心底深處，仍舊無法平靜，甚至有一股難以描述的恐懼。不知是不是錯覺，就在棺材鋪關門的一瞬間。我居然看到了更加難以解釋的景象。

那口老舊的棺材裡，一雙冰冷邪氣四射的眼睛，用不帶感情的視線盯了我一眼。那視線，看得我手腳發冷，至今都無法喘息。

那雙棺材中的眼睛，似乎，認識自己。

但是這怎麼可能？先不談壁畫變成了動畫有多麼不可思議。壁畫中棺材鋪裡一口老棺材的屍體，看起來已經變成了殭屍。

但是那具殭屍一樣的東西，為什麼會認識自己。沒理由啊，太不科學了！

我感覺自己完全無法解釋自己所看到的一切，只能歸咎為錯覺了。

躊躇了片刻，我拉了拉渾身僵直的時悅穎：「我們先去調查看看這幅壁畫的作者是誰。」

「怎，怎麼查？」時悅穎結結巴巴的反問。

「壁畫是前不久前才畫上去的。」我刮壁畫時，明顯感覺到顏料很新，畫上去的時間，應該不超過一個禮拜：「問一下購物街的管理處，應該不難找到繪者。」

時悅穎點點頭，找人詢問起購物街管理處的位置。而我則是仍舊目不轉睛的看著壁畫發呆。

我們四人顯然都看到了壁畫在動，那個叫做妞妞的小女孩，就在棺材鋪中，而且似乎還遇到了可怕的危險。

但是最令我自己在意的，還是棺材中那具殭屍的眼神。

那，真的僅僅是，錯覺嗎？

一行人跑到管理處，好不容易才在工作人員的質疑中拿到了壁畫繪者的名單。我還先送壁畫的顏料碎屑去鑑定單位將壁畫的顏料刮片拿去分析，這才坐著時悅穎的車來到了江陵城南。

江陵的南邊出了二環路，就是貧民區。大量低矮的老房子擁擠在一起，散發著臭味的污水在狹小的道路邊肆意流淌著。車沒開多久，就因為街道狹窄再也開不進去了。

我們四人只能下車步行。

「快六年沒來過了，這裡還是那麼髒亂。」小桂姐捏著鼻子，一臉嫌棄。

「妳對這裡很熟嗎？」我隨口問了一句。

小桂姐點點頭：「當然很熟，當年沒錢，我和我老公在這裡可是住了接近有三年時間！」

她說這話的時候，臉上隱隱飄過一絲痛苦。顯然內心中某個柔軟容易受傷的部位因為這個地方而被觸動了。

我沒在意，每個人都有自己的故事。雖然本人失憶了，但隱隱感覺，自己的故事，似乎也不太簡單。

畫家叫做周雨，名字很中性，是個二十多歲的女孩。管理處對她的印象也不深，只知道這個人是美術學院的工讀生，購物街剛好想要裝飾那面用來遮蓋背後老舊建築物的牆壁，於是從報名者中選了她。

那個周雨實在太普通了，接觸過她的人，甚至都從沒跟她說上一句話。只有一個印象，就是這人穿著厚厚的衣服，戴著帽子，遮住了嘴巴和大部分的臉。只剩下一雙黯淡無光的小眼睛，就算是看著你，那眼神都是空洞的。彷彿看的不是你，而是你背後的什麼東西。

周雨很陰沉，也很嚇人。負責的員工跟她說了要求後，就急匆匆的離開了。他有些怕這個小個子的傢伙。

巷子彎曲著一直向裡邊延伸，越往內部走，四周的環境越惡劣。

「這地方是犯罪的溫床。因為隱蔽，江陵大部分吸毒販毒、和有過前科的犯罪分子都住在這兒。周雨大概估計過得也不容易，不然正常人，哪個會想住裡邊呢？」小桂姐嘆了口氣。

我瞅了一眼用手機照下來的地址，看著巷子盡頭的一扇門，說道：「到了。」

四人的腳步同時頓了頓。時悅穎走上前想要敲門了，但是手卻停在了半空中。她實在不知道該怎麼開口。說實話？顯然不可能。任誰告訴自己畫的東西居然能動，而且吞掉了一個小孩。別人不把她當作瘋子才怪！

我見她猶豫，沒多話，伸手重重的叩在了那扇破爛的門上。

空洞的敲門聲迴盪在空無一人的小巷裡，但是卻沒人應門。

木板門隨著我的敲擊而震動著，周圍的一切在敲門聲中顯得更加的死寂。又足足過了三分多鐘，我才停下。

「沒人在家？」時悅穎遲疑地問。

「不可能啊，剛才在巷子口小奇奇特意問過看門的大爺，大爺說周雨前天回家後，就再也沒有出去過了。」小桂姐臉色陰沉了下來：「一個女孩子住在這犯罪叢生罪惡的地方，會不會遇到了什麼危險？」

「讓開。」我示意時悅穎退開一些。

時悅穎緊張道：「你要幹什麼？撞門？」

「這扇門雖然薄，但撞起來還是會痛。一看我的身板就知道這是要靠智慧的，我可不會用暴力！」我撇撇嘴，從女孩的口袋裡掏出鑰匙，將其中一個鑰匙環扳成鐵絲，然後在那個青銅鎖上撥弄了幾下。

只聽鎖孔內發出輕響，在三人驚訝的眼神中，破門打開了。

「你以前是什麼職業啊，專業闖空門？」小桂姐眨巴著眼，一臉的好奇。

時悅穎沒說話，只是苦笑了一下。這小奇奇，上次撿他回來時，就有很多厲害的本事。得了，現在更厲害，連開鎖都會了。三年多來，他究竟又經歷了什麼？

我將門打開後，頓時也詫異不已。看到鎖時腦袋自然而然的浮現出一種自己能打開的感覺，一試之下，真的打開了。我不由得對那段失去的記憶更加好奇起來！

甩著腦袋將詫異丟開，我率先走了進去。屋裡黑漆漆的，什麼都看不到。我用眼睛在黑暗中搜索了一下，發覺看不清，就伸手在可能有電燈開關的地方摸索著。摸到後按了下去，燈卻沒亮。

燈泡壞了？還是沒繳電費被斷電了？

看來是後者。

我在地上找到了一張從門縫外塞進來的電費催繳單。

伸手拿過時悅穎的手機，打開手機調出手電筒功能。一束白色的光線頓時劃破了黑暗。這個房間很小，還是幾十年前的磚瓦結構，大致上約是一房一廳的格局。進門就是客廳，客廳裡擺滿了畫架。每一個畫架上都用白布遮蓋了起來。

密密麻麻的畫架甚至讓人產生了幽密恐懼症。

「她畫什麼，需要這麼多畫架？」時悅穎驚訝道：「一般來說畫架一兩個就夠了，主要還都是畫紙比較多。」

「或許是她本想辦個才藝學習班，才買了那麼多畫架回來。」我猜測道，隨手將其中一個畫架上的白布扯了下來。

手機光芒照射在架上的畫紙，立刻，一座古鎮的畫面就躍入了眼前。

「這古鎮，不是和購物街上的很像嗎？」時悅穎嚥了口口水。

「不是很像，是一模一樣。」我又扯下了幾張白布，只見畫紙上，同樣畫著相同的古鎮。沒多久，我就將幾十張白布全部扯開了。無一例外，白布掩蓋下的畫，都是關於那個古鎮的。

怪了，周雨幹嘛一直畫這幅畫？如果說是練習的話，也太神經質了一些。難道這個女人，根本就是偏執型的神經病？

穿過小小空間中的畫架迷宮，我們一行四人走過客廳，準備進入臥室。說實話，這裡還真是亂七八糟，垃圾也丟了滿地，完全不像是女孩的住所。

「周雨。」我在臥室門上一推：「妳在不在？」

仍舊沒人回應。門被我輕輕的推開了，門栓發出刺耳的摩擦聲。我們四人用手機朝臥室裡照去，屋裡的景象頓時映入眼簾。

四人同時一震，緊接著三個女性不約而同的尖叫起來……

第三章 詭照片

或許，生活就像一支筆，可以劃掉你的過去，但是卻無法抹去。就一如很多人闖入你的生活，只是為了給你上一課，然後離開般，最終的酸甜苦辣鹹，也只有自己才知道。

周雨的生活就是這樣。她出身單親家庭，母親去世得很早。自從媽媽死了後，爸爸就一天到晚喝爛酒。所以她懂事得很早。周雨從高中就開始打工賺錢，自小就愛畫畫的她有一個夢想，便是能上大學，接受正規的繪畫教育。

靠父親基本是不可能的，於是她只能自己想辦法存錢。終於，高中畢業，她考上了美術學院。阮囊羞澀的她將全部積蓄拿出來買了許多畫架，準備開個繪畫才藝學習班。只是畢竟沒有從象牙塔畢業，又沒有經歷過社會歷練的她，顯然太天真了。開才藝學習班沒有錯，但是錯就錯在位置不對。

沒多少錢的她只能租住在貧民區，就算是老師的畫技再好，誰又願意將自己的寶貝孩子送到滿地罪惡的貧民區去學習呢？而貧民區的孩子，上學都有困難了，哪裡還有家長願意花錢讓孩子去學這種沒用的，在他們看來閒得無聊的東西。

於是周雨血本無歸，一個學生都沒有收到。眼看就要交不起下學期的學費了。

不過，現在的周雨恐怕再也不會為錢苦惱頭痛，也再不需要為悲慘苦逼的人生而絕望。她真的不需要了。因為她，已經死了。

死在了自己的床上！

這個房子的臥室只有幾平方公尺，大小只夠擺放一張單人床和一個電腦桌。窮學生周雨自然是買不起電腦的，她在生命的最後幾天，甚至繳不起電費，被管理員斷了電後，點著蠟燭照明。

周雨死得很慘，但卻並不像他殺。

女孩直挺挺的躺在床上，凹陷的雙眼已經深深的陷入了眼窩中。她臨死前張大了嘴巴，看起來像是在嘆氣。可我卻怎麼看都覺得那姿勢有些，像是有什麼東西從女孩的腹部往上擠，最後從嘴裡爬了出來。

周雨瘦骨嶙峋，已經猶如一具乾屍。我用手隔著衣服在她的屍體上按壓了幾下，女孩除了皮就是骨頭，皮下的肉和脂肪少得可憐。生前或許已經有許久沒有吃過飯了，活生生的將脂肪燃燒殆盡。

「怎麼，怎麼她就這麼死了。」小桂姐結結巴巴的說：「要不要報警？」

「當然要報警，不過先等一下。」時悅穎攔住了掏手機準備撥打報警電話的她：「我們先找找線索，畢竟吞了妞妞的畫，就是這個女人畫的。而且她還神經質的畫了一屋子，看得怪嚇人的。這傢伙肯定有嚴重的強迫症？」

「不錯。」我點點頭：「員警來了，就不太容易找線索了。」

走了幾步，我在臥室的書桌上找了找，上面層層疊疊的全是周雨畫的素描畫，用便宜的作業本畫的。從一個人的字和畫，其實可以看出很多東西。例如性格、又例如經歷。周雨的字很端正，畫工也不錯。

二十多本作業本上，大約六百多頁的作業本有二十多本，每一頁都是滿滿的畫著練習畫。可見她練習得很刻苦，也很認真。從她的畫中，我看不出性格執拗和偏激的一面。只感到她的上進和一副熱愛畫畫的心。

本子上的素描由遠及近，在一個多禮拜前發生了變化。再也沒有千變萬化的畫畫練習，而是千篇一律的畫著那座壁畫上的古鎮。瘋了似的畫，不停地畫。以至於周雨將家裡的作業本畫完後，又用盡了畫紙。最後乾脆在畫架上畫起來。

我翻看著練習畫，微微皺眉。

這個古鎮，難道對她有什麼特別之處？又或者，一個禮拜前，她身上發生了什麼古怪的變故？不然為什麼周雨突然就變得偏執起來？乾脆什麼也不做了，只是不停的畫著古鎮，不吃不睡，最後耗盡了自己的生命？

我沉默了許久，將練習本放好後，又繼續搜索了起來。直到找到了周雨的日記本。

有人說寫日記的都是好孩子，因為他們不想忘記過去的點點滴滴。哪怕有苦有辣，少有甜蜜。但是他們都能將其記錄下來，待許多年一切苦難都過去之後，慢慢品味。

顯然周雨就是這樣想的，她在日記本中寫道，所有的苦難都有過去的時候。等到那時，現在的磨難和痛苦，都會變成當時的一抹甜甜的笑。

不過周雨等不到甜笑的那一天了。她的生命，凝固在了二十一歲這年。她的日記本記錄了許多雜七雜八的東西，厚厚的本子早已經被她記錄滿了生命的印記。

她的痛苦，她的期望，她的一切。都在日記本裡一覽無餘。接到大學通知書的興奮喜悅；賺學費的艱難；因為錯誤的決定耗盡積蓄的絕望。

然後，在兩個禮拜前的一天。她突然撿到了一張照片。一張古鎮的照片。就是那張照片，令她覺得自己瘋了。

周雨撿起照片時，只是單純的覺得照片照得很有靈氣，看起來很特別。而且那古鎮有一種令她熟悉，讓她想起了故鄉的感覺。於是女孩把照片拿回了家。

晚上多看了幾眼，突然發現，凝固著時間的照片，那時間停止的古鎮畫面，居然活動了。一如死水在流動，她彷彿看到古鎮的招牌和旗子被風吹過，輕輕晃動。她彷彿聽到店鋪傳來叫賣的聲音。她彷彿察覺空無一人的古鎮街道，正有人從視線看不到的死角外走入畫面中，迎著那古鎮兩側的店鋪走過去。

再多看一眼，又彷彿一切都是幻覺。

周雨害怕起來，想把照片扔掉。可是當晚扔進垃圾桶的照片，第二天又會好好的出現在自己的書桌上。女孩嚇壞了，拿起火柴，把照片給燒掉了。明明看著照片變成灰燼，但是第二天天明後，本應該消失在火焰裡的照片再次出現在了書桌上。

就這麼重複了幾次後，她想盡一切辦法，都無法擺脫那張照片。既然擺脫不了，突然間，周雨驚訝的發現，自己莫名其妙的開始接受起照片的存在來。她試著照著照片畫了一次，緊接著就再也放不開手，腦袋裡有個念頭有個聲音，告訴她要一直畫下去，將那幅古鎮的畫，一遍一遍的畫下去。

周雨覺得自己是不是瘋了。她控制不了自己的手腳，沒日沒夜，不吃不喝的照著照片畫古鎮……

從來沒有一天遺漏過的日記，就是從這裡，八天前中斷了。周雨再也沒有寫過一個字，她的所有時間，恐怕都消耗在了畫古鎮的圖畫上。直到耗盡生命，餓到皮包骨頭後淒然死去。

我將事情的前因後果照著日記講了出來，聽得三個女人一陣心驚肉跳。

「這死法太慘了！」小桂姐打了個哆嗦。

時悅穎猶豫著說：「那張照片在哪兒？如果照片真有周雨說的魔力，丟不掉還能從灰燼中復原，那麼妞妞的失蹤，就肯定和照片有關！」

「不錯，我也是這麼想！」我點點頭：「但是我卻在這個房間中，找不到周雨日記裡提到過的照片。」

「你仔細找過了？」女孩問。

「所有角落都找過了，還是找不到。我猜，照片的下落只有一個。」我的視線落在了周雨的屍體上：「一個令人著迷的東西，主人肯定會精心保存。」

「小奇奇，你的意思是，照片就在周雨衣服下邊的某個口袋裡？」時悅穎眨巴了下眼睛。

「那還等什麼，先拿出來再說。」小桂姐見我倆靜靜的站在屍體前說話，根本就沒有搜索屍體的打算，急起來。說著就伸手想要掀開周雨的衣服。

時悅穎立刻攔住了她：「別急，小奇奇在想辦法。」

「想啥辦法啊，想那麼多幹嘛不直接拿出照片，報警走人，尋找妞妞的下落才是正事。」人妻熟女的腦袋明顯很直，不太會轉彎。還是時悅穎冰雪聰明，和我想法一致。

我嘆了口氣，解釋道：「拿到了照片又怎樣？如果真如周雨在日記裡提到的情況，那麼拿到照片的人，恐怕會有極大的危險。妳想想周雨最後的下場！」

「可我又不會畫畫。」小桂姐嘴硬道，但是身體已經反應了過來。手一抖，頓時縮了回去。甚至儘量離屍體遠遠的，生怕照片會突然竄入了自己的手心裡。

「或許不是會不會畫畫的問題。人總有長處短處。周雨的長處就是畫畫，誰知道我們其中的某一個人，拿到了照片後會產生什麼化學反應。」我輕輕搖頭，看著屍體沉默不語。

腦袋飛速運轉著，拚命地想怎麼弄到照片而不會傷害到人的辦法。

這真是難解的局面。不拿到照片，就找不到救出妞妞的線索。但是拿到了照片，接觸過照片的人本身就可能會產生危險。畢竟，對於這張詭異的照片，我瞭解的實在太少，無法做出正確判斷。所以儘量還是謹慎些，離遠些為好。

時女士一直低著頭沉默不語，作為丟失了孩子失蹤的母親當事人，她反而沒有催促我。但是小桂姐卻急得不停嘮叨。

時間一點一滴的流逝。時悅穎被人妻熟女煩得受不了了，忍不住道：「小桂姐，妳少說點話，別打擾小奇奇。他在想辦法！」

「妳怎麼知道他有辦法？」小桂姐瞪了她一眼。

「他總是有辦法的。」女孩語氣淡淡的，卻壓抑不住嘴角的驕傲：「因為他是我時悅穎選擇的丈夫。是我時悅穎，這輩子最愛的人。哪怕一輩子，兩輩子，無數輩子。我都相信他，只相信他！」

小桂姐滿臉詫異，悻悻罵道：「我早就覺得妳們時家的女人對待感情就像是一神經病。看來，妳已經嚴重到病入膏肓，沒得治了！」

「我樂意。」時悅穎看著身旁的男人，含情脈脈：「我相信小奇奇，一定會找到妞妞！」

她的話音剛落，我也終於想到了辦法。

「悅穎，去找一根棍子來。」我吩咐道。

時悅穎雖然有些不太明白，但還是毫不猶豫的按照我的話去做了。她在廁所弄來一支拖把，我接過來，用其中一頭在屍體上敲擊。很快，就在周雨右側的衣服口袋下方，感覺到了硬紙片般的觸感。

那張紙片不大，應該有六吋大小。

「就是這裡。」我確定了照片位置後，沒有進一步的動作，而是在衣服上劃了一個範圍：「你們先將周雨這一塊衣服割下來，我出去一趟。」

三位女性滿臉好奇的目送我出了門，她們對視了幾眼，完全不知道我的葫蘆裡究竟在賣什麼藥。

沒多久，我就拎著一隻骯髒的流浪狗走了回來。這個貧民區或許是因為治安不好，許多家庭都有養狗。更多的家庭出於自己的原因，將養的狗隨意拋棄掉，任其自生自滅，造成了這鬼地方流浪狗到處都是。

我抓住的流浪狗不大，看起來病懨懨的，餓得隨時都會死掉。

不過畢竟被人養過，又是在人類居住的地方生存，所以也不是太怕人。就連我拎著牠的後腦勺逮住牠時，這傢伙也沒有抵抗。

進門時，三名女性已經將我劃定的區域給小心翼翼的剪了下來。揭開周雨的上層衣物碎塊，那張詭異的照片就露了出來。

她們三人沒敢多看，畢竟誰也不知道眼神接觸，會不會讓照片沾上自己，害自己丟了小命。如果不是遇到過妞妞的怪事，恐怕她們也絕對不會相信照片也是能殺人的。

「你逮一隻狗進來幹嘛？」小桂姐看了看我手中的狗，遲疑道。

「當作運輸工具。」我撇撇嘴，先用時悅穎的手機遠遠的對著照片照了一張後，這才掏出一瓶從隔壁住戶家裡高價買來的肉醬。把肉醬倒在照片上，流浪狗頓時抽了抽鼻子。

小桂姐有些不忍心：「這樣做太殘忍了，你會害死牠的。」

「牠生病了，恐怕也活不了多久。帶回去以後好好養著吧，就當作是幫忙的補償了。再說照片的詭異能力，說不定只對人類有效呢？」用流浪狗做實驗，也是我的一種嘗試。

不知為何，雖然失憶了，但是我老覺得自己對這種詭異的事件，有一種天生便能找到應對方法的思維。真是奇了怪哉了，難道沒失憶前的我，經常遇到這類怪事？

手鬆開後，餓極了的流浪狗立刻朝肉醬衝了過去。詭異照片上滿是肉醬的味道，果然如我所料，牠把肉醬和照片一口就給吞掉了。我鬆了一口氣，根據周雨的日記描述，照片無法被損毀。那麼就算被狗吃掉，也會從排泄物中找到。

「但是那個小奇奇，將狗狗帶回去後，牠把照片排泄了出來。我們還是沒辦法接觸照片啊。」小桂姐又開口了。

「沒關係，我家小奇奇肯定有辦法。」時悅穎對我有種莫名其妙的信任，信任到我都有些不好意思了。

「我有個猜測。照片的能力再詭異，也終究有個侷限。等下我還會再逮一隻流浪狗，等照片被拿出來後，讓另一隻狗將照片吃掉，看看會有什麼結果，有沒有別的反應。」我緩緩道。

小桂姐的肩膀抖了抖，顯然有些無法接受，她搖著腦袋輕聲說：「悅穎，妳家失蹤了幾年的老公，性格似乎有些出人意料的黑暗啊。」

「為了找到妞妞，都是值得的。」時悅穎顯然無條件的站在了我這邊，她覺得我做的一切都是正確的，哪怕是我要殺人放火，毀滅地球。她也會靜靜的在我身旁，替我遞刀遞火，按下核彈發射鈕。

這種信任，讓我驚訝。對我而言，她不過是認識才一天的女孩罷了。但是她眼神中完全無法壓抑的感情，卻也深深動搖了我。難道，自己真的是她失蹤已久的丈夫？

最終，我們四人終究還是沒有報警。周雨的屍體仍舊擺放在她原本的位置，淒涼而乾枯。貧民區中，這具奇異的沒有散發臭味的乾屍暫時不會被發現。不報警也是我的決定。警方涉入後，肯定會從衣服的破損口看出有東西被拿走了，這增加了不確定性。而且，我根本不能肯定流浪狗能不能排泄出照片，萬一照片在胃部被消化後，又在周雨的書桌上重現了呢？

一個死了人的屋子，警方肯定會看守隔離幾天。到時候想再進進出出就不方便了。

這個決定也遭到了小桂姐的無限吐槽，諷刺我腹黑外加沒人性。唉，御姐人妻的腦袋，我實在不知道該怎麼評價。

出門後又逮了一隻小流浪狗，將兩隻狗都塞進了後行李廂中。時悅穎以最快的速度回到了別墅。

「花園中有現成的狗屋。妞妞幾年前想養狗，就找人做了一個。結果狗狗沒幾天就被人拐跑了。」時女士坐在客廳的沙發上發呆，小桂姐臨時有事先走了。女孩徑直帶我走進了別墅的前花園中。

我將兩隻流浪狗分開拴好，找了些熟肉丟進食盤中，就這麼抬著一把椅子坐下，準備等待吃下詭異照片的狗排泄。

時悅穎見我眨也不眨的望著那隻狗，也靜靜地在我身旁站著。

「妳先回去睡一覺，一般狗狗的消化時間週期為六個小時。這隻狗常年吃垃圾，消化不好，但也至少要等四個小時左右。今晚估計有得等了。」我淡淡道。

「我陪你吧。」時悅穎也找了一把凳子坐下，似乎有些話哽在喉嚨口，不知道該不該說。

「妳似乎想說什麼！」我敏銳的感覺到了：「是關於我的，還是關於妞妞的？」

女孩猶豫了一下：「是關於妞妞的。其實在兩個禮拜前，還發生過一件也挺奇怪的事情。那件事，我一直沒機會告訴姐姐。」

「什麼事？」我眉頭一皺。妞妞，這位我記憶裡從來沒有見到過的小蘿莉，她會詭異的跑入畫中離奇消失不見。我根本不相信這其中沒有別的原因。否則周雨畫了那張壁畫至少有一個禮拜之久，為什麼誰都沒有被吞噬掉，偏偏吸引住了妞妞，讓她失蹤神隱了呢？

時悅穎猶豫片刻，終於輕輕咬了下嘴唇，將那件事娓娓道出。

事情的開端，源自於妞妞和她母親時女士的一次爭吵……

第四章 詭洞

希臘神話中，阿基里斯是凡人佩琉斯和美貌仙女忒提斯的寶貝兒子。忒提斯為了讓兒子練成「金鐘罩」，在他剛出生時就將其倒提著浸入冥河中，遺憾的是，被母親捏住的腳後跟卻不慎露在水外，全身留下了唯一一處「死穴」。後來，太陽神阿波羅引導特洛伊王子帕里斯射出的箭，射中阿基里斯的腳踝，將他殺死。後人常以「阿基里斯之腱」譬喻這樣一個道理：即使是再強大的英雄，也有致命的死穴或軟肋。

在許多人面前，時悅穎都是強大的。她美麗、溫柔、驕傲。在公司裡有強大的氣場，在家中又能做一席可口的飯菜。上得廳堂下得廚房，幾乎和她的姐姐時女士一樣，是完美的代名詞。

但是沒人知道，時悅穎其實也是很脆弱的。就如阿基里斯之腱般，再完美的人，也有揭下面具的時候。

每個月總有那麼幾天，女孩會什麼都不想做。不想看電影，不想看小說，甚至不想吃飯睡覺。滿腦袋的，只剩下煩躁。

每當這個時候，時悅穎都會走到碩大別墅二樓的一個小房間中。那裡是一個小靈堂。靈堂中有兩張供桌，一左一右的靠牆擺放著。

左邊的是姐姐時女士的丈夫，自己姐夫的靈位。姐姐不相信他死了，總認為他會在某一天突然出現，親親自己的臉，抱抱妞妞。所以靈位上並沒有香燭紙錢，甚至沒有照片。而右邊的靈位，是屬於時悅穎的丈夫，夜不語的。

妞妞和姐姐爭吵那晚，時悅穎又感覺空虛寂寞得很，她煩躁得要命。但是唯獨那一天，她老是感到自己的空虛感和平時不一樣，甚至稱得上有些怪異。彷彿心底深處有一團冰冷在腹部亂竄，快要將細胞組織全部凍結般，渾身都不舒服。

一如三年中的許多次那樣，女孩走進靈堂，坐在靈位前，看著夜不語的照片發呆。自己的丈夫，也已經死了有三年多了。總以為沒他的日子，時間會過得很慢。但其實時間還是以相同的速度在流逝著，不斷流失。改變的只不過是她再也不會愛上別的人罷了。

發呆了不知多久，時悅穎才取出幾根香，點燃，看著裊裊上升的白煙繼續發呆。

就在這時，姐姐時女士跌跌撞撞的跑了進來，驚慌失措的喊道：「悅穎，不好了，妞妞不見了！」

時悅穎大吃一驚：「妞妞平時很乖的，怎麼會不見的？」

「我，我……」時女士欲言又止。

聰穎的女孩立刻猜出了些東西：「妞妞又提到姐夫了吧？」

時女士艱難的點了點頭，看了空蕩蕩的左側靈位一眼，眼淚不由得流了出來：「妞妞說學校裡的同學都有爸爸，可她卻沒有。她小心翼翼的問我爸爸在哪裡！」

「妳跟她怎麼說？」時悅穎的眼皮抽了抽。

「還能跟她怎麼解釋，就像以前那樣說的。可平時挺乖巧的妞妞這次不知道吃錯了什麼藥，就是不聽，嚷嚷著要去找爸爸。不知為什麼，我不知道為什麼。一巴掌就打了下去！」時女士摸著自己的右手，雖然只是輕輕的一巴掌，可是心臟卻痛苦得彷彿已經被撕裂了。

「妳打妞妞了！」時悅穎的音量提高了一些，但隨即又低了下去。時家的女人總是過得很苦，姐姐是，自己也是。自己的奶奶、母親、姑嬸沒有一個能夠善終。總是會剋死丈夫後孤零零的一個人死去。

家鄉人罵時家女子有剋夫命，將時家女人趕出了故鄉。

自己有時候真的覺得，時家，是不是真的被什麼東西詛咒了。

時悅穎嘆了口氣，沒有再囉嗦什麼，拉著姐姐的手跑了出去：「姐姐，別墅外邊只有兩條路，妳往左邊找，我找右邊。」

時女士失魂落魄的點點頭，出了別墅大門後，跌跌撞撞的一邊大喊妞妞的名字，一邊朝左邊找去。

時悅穎看到姐姐的背影消失在了黑暗的樹叢之後，這才踏上了右側的小路。這個別墅區在江陵市算很高級的住宅區域，治安很好。別墅區也算不小，妞妞就算是亂跑，一時間也跑不出去。何況大門口的保安也不會放任一個小女孩獨自外出。

看看手錶，已經快十二點了。天空中那輪扭捏的月亮隱藏在薄薄的雲層後，灑下的光芒令人有些不舒服。

看著月光，時悅穎突然冒起了一絲惡寒，全身更加不舒服起來。她總覺得，今晚會發生可怕的事。

兩側的梧桐樹也因為寒冷，樹葉早已經掉光。光溜溜的樹幹拚命的往天空伸展，彷彿一隻隻張牙舞爪的怪手，看得人不寒而慄。

每次路過這兩排梧桐樹，時悅穎都會想起三年前自己和夜不語初識時的事情，她心裡總會苦澀的笑。夜不語已經不在了，因為《沉溺池》[1]事件為救自己一家人而死。

其實時悅穎心裡隱隱有個猜測。以自己撿來的丈夫那麼厲害的頭腦，或許，並沒有死掉吧。只是因為某些原因，用一具屍體瞞過了她。

那個男人寧願製造一個謊言都不願意和自己在一起。時悅穎覺得她挺悲哀的，自己愛的人，或許並不愛她。自始至終都不愛她。而自己的眼裡，卻早已經容不下別的男子。

時家的女人，活著真是不容易呢。

時悅穎順著梧桐小道來到警衛室前，詢問了一下。驚訝的發現妞妞居然沒有出門，怪了，妞妞到底去了哪裡？

她連忙跑到監控室，讓值班人員察看社區內的監視系統。只見螢幕中，十幾分鐘前，妞妞朝著別墅區的西邊走去，正溜達到一棵桂花樹下時，人突然就消失無蹤。

時悅穎被嚇了一跳。她焦急的跑到妞妞消失的地方四處瞧。桂花樹大約有十多年的樹齡，足足有四公尺高，就算是冬天也枝繁葉茂，生命力旺盛。她繞著樹走了兩圈後，皺了皺眉。

一個活人肯定不會突然消失，那麼妞妞去了哪兒？

女孩仔細回憶了一下，似乎前段時間妞妞很興奮的跑來告訴她：「小姨，小姨。我找到了一條秘密通道哦，可以悄悄的溜出家。」

難道，這裡隱藏著妞妞發現的秘密通道？

時悅穎眨了一下漂亮的大眼睛，抬頭觀察起周圍的環境來。這個綠化帶屬於社區最外圍，再往外十幾公尺就是社區圍牆了。三公尺多的圍牆頂端裝有尖刺和通電，每隔幾公尺還有監視器。不要說六歲的小女孩，就連體能比一般人好的慢跑愛好者都無法隨意進出。

妞妞的性格時悅穎清楚得很，堅強、善解人意。但也因為從小就沒有父親的緣故，固執得很。被姐姐打了一巴掌後，肯定是跑出去了。但是她到底透過什麼方法出去的？

她，出去幹嘛？

---

1 詳情參見《夜不語詭秘檔案 202 沉溺池》。

時悅穎找了大約十多分鐘，終於在離桂花樹不遠的一叢竹子後找到了一個隱蔽的洞穴。洞穴很小，只能容十歲以下的孩子低頭走入。

這洞穴，或許是前段時間的地震才震出來的。

女孩看著這緊貼在地表的洞穴，只覺得洞中有陣陣涼氣不斷的往外冒。涼氣陰冷無比，穿著厚厚羽絨衣的時悅穎被冷氣撲在臉上，感覺皮膚都縮了一下，刺骨得很。

由於位於竹子下方，竹子的根部堅韌的將洞穴的頂端給牢牢抓住，一時間洞穴倒是沒有坍方的可能。

妞妞就是從這裡溜出去的？太危險了吧！

時悅穎打了個寒顫，她仔細的檢查了一下附近的地面，確實有小孩走過的腳印。當下也不敢再浪費時間，低頭趴在地上，緩緩爬進洞穴中。

無比的寒意從四面八方湧來，將女孩緊緊包裹住。

洞穴的坡度並不陡，一直以二十多度傾斜向下。還算嬌小的時悅穎爬起來倒也輕鬆。潔白的手撐著身體，她一點一點的往前爬。沒爬多遠，光線就全部消失了。眼前只剩下黑暗，無邊無盡的黑暗。

黑暗像是張可怕的嘴，將她吞噬得乾乾淨淨。

時悅穎哆嗦了一下，不知為何，她感覺黑暗中有無數隻陰森森的眼睛正在窺伺著她的一舉一動。女孩連忙掏出手機，不多時，一束潔白的光從手機的 LED 螢幕上射了出來，劃破了黑暗。

隱約中，女孩甚至聽到一聲不知從哪傳來的慘叫。

慘叫聲來得快去得也快，彷彿野獸被槍打中受傷迅速逃離般。恍如錯覺。

或許，真的是錯覺吧！

藉著手機的光芒，時悅穎加快了速度，不停的往前爬。大約又爬了幾分鐘，洞穴的頂端變高，終於可以勉強站了起來。

時悅穎發現，越是往前走，洞穴的頂端越高。

女孩藉手機微弱的光芒打量四周，突然輕顫了一下。心底深處冒出了個難以置信的想法。

這個位於自家別墅區下方的洞穴，似乎，並不是天然形成的。

妞妞說洞穴能夠通往外頭。可是，怎麼走了那麼久了，還是在一直往下延伸呢？難道自己走錯了，這裡根本就不是妞妞提到的密道？

時悅穎猶豫起來，她用手機光芒四處掃射了一下。洞穴裡不但冷，還散發著一股無法描述的惡臭。臭味雖然很淡，但卻令人非常不舒服。地上的泥土有些濕潤，應該是被雨水浸泡過。

女孩蹲下身抓了一把泥土，突然兀自笑了起來。如果夜不語在這裡的話，大概會將地上的泥土湊到鼻子前聞聞吧。他那人做什麼事情都很謹慎。才和他在一起沒多長時間，自己的許多小習慣就被他改變了。

時悅穎考慮自己是不是該先退出去，然後報警。手上的光線猛地掃過一個角落，女孩頓時愣住。

紅色的圍巾躺在不遠處的地上，安安靜靜的躺著。冰冷刺骨的風從洞穴深處吹拂過來，吹動了圍巾上的幾撮白色貂毛。

那是妞妞的小圍巾。

妞妞果然在裡面！

時悅穎心臟猛地跳動了幾下，這小傢伙怎麼跑進這麼危險的地方來了！一定要儘快將她帶出去。想著，女孩又加快了些速度。

洞穴沒有盡頭似的，不斷往下延伸。女孩都懷疑自己是不是已經在地下五十公尺左右的底層了。可奇怪的是，這麼深的洞穴本應該形成地下河，洞穴卻越往裡邊走越乾燥。沒多久，時悅穎終於確定了，這洞穴絕對不是天然產物，而是人造的。且建造的時間有些久遠，起碼有五十年以上。

因為她看到，洞穴的高度和寬度間隔越來越大了。而四周的空氣，越發的惡臭渾濁，污穢不堪。

時悅穎將柔嫩的雙手湊到嘴邊哈了幾口氣取暖，這裡太冷了。就算穿了羽絨衣，外邊的寒意也彷彿帶有穿透性，無遮無攔的透了進來。

洞穴的泥土表層開始斑駁，露出了一塊塊結實的水泥。女孩在水泥上摸了一把，頓時驚叫一聲，立刻將手縮了回來。

水泥刺骨得很，指尖一接觸到，就彷彿被尖銳的牙齒咬了口似的疼。這鬼地方，至少也有零下十幾度了吧，不然怎麼可能將水泥變得這麼凍人？

江陵今年的冬天雖然有些冷，但也沒到現在這種程度。時悅穎有些奇怪，這老建築怎麼會出現在別墅區下方？

女孩感覺自己就快要凍僵了，不由得更加擔心自己的外甥女。

「妞妞，妞妞。妳在哪？」時悅穎張口大聲喊道。

洞穴深處傳來了許多回聲，震耳欲聾。但所有的回聲都是時悅穎的聲音，沒有妞妞的聲音。

她從地上抓起妞妞的圍巾，無奈的繼續往前走。

黑暗彷彿一把刀，以黑夜當作砧板，一點一點的切割著時悅穎的意志力。洞穴仍舊是以十多度的角度傾斜向下，又走了十幾分鐘，眼前豁然開朗。洞穴不見了，只剩下一個偌大的漆黑空間。

那有如塗抹著墨水的空間就連手機的光線也無法劃開。光照不出多遠就消失了，根本看不到盡頭在哪裡。

時悅穎試探著向前走了幾步，腿移動時，揚起了一陣陣的塵埃。塵埃堵住鼻腔，女孩咳嗽了幾聲後，又退了回去。

這地方有些古怪，而且大得出奇。女孩向上方瞭望，手裡的燈光射過去，卻看不到頂。這個黑色空間，似乎就連光都能吞噬掉。

時悅穎害怕了，「妞妞，妞妞，妳到底在哪。小姨喊妳呢，妳聽到了就回一聲。」空蕩蕩的回音隨著喊聲傳遞向遠方，然後如同落入池塘裡的小石子般，無影無蹤。一點漣漪都沒有激起。

女孩只得在洞穴附近的地上畫個箭頭符號標識方向，走入這龐大的茫茫黑暗裡。黑暗，無盡的黑暗。這裡的黑暗不同於沒有任何星星月亮的夜晚。彷彿黑洞似的，甚至就連空氣裡都帶著黏性，往前走猶如陷入了蜂蜜中，很費力氣。

「這鬼地方該不會有什麼有害氣體吧，不然怎麼走起來這麼艱難！」時悅穎心裡「咯噔」了一聲，擔心自己的外甥女已經被有害氣體弄暈了過去。

回頭看了一眼，來時的入口已經消失在墨色中，除了腳底下她每隔一段就會畫上的指向標識外，再也沒有任何東西能表明她的存在。

「妞妞，妳在哪兒？」時悅穎試探著又喊了一聲。她早已經明白，這裡肯定不是妞妞提到的密道。這鬼地方，或許是幾十年前二戰時期的防空洞。

但是，哪有什麼防空洞會挖幾十公尺深？

女孩不斷的往前深入，突然腳底下似乎踩到了什麼東西，鞋底發出了脆化的塑膠折斷聲。時悅穎低頭看了一眼，腳邊有個防毒面具般的物體。等她蹲下去看清楚了，嚇得險些一屁股坐在地上。

該死，這哪裡是什麼防毒面具！分明是一個風化的顱骨！人類的顱骨。這萎縮的顱骨已經被她踩破了一大半。剩下的一半透著刺骨的陰森。沒有眼珠的眼眶正對著時悅穎的臉，那骷髏頭的眼睛裡猛地閃過兩點綠油油的光，一閃而逝！

「哇！」時悅穎被嚇了一跳，心臟都快要麻痹了。骷髏眼眶中的綠光閃過後，接著繞著女孩不停的飄動。女孩哇哇大叫，恐懼的不斷往後退。

她拚命的拿著手裡的LED燈照向那兩團綠光，綠光彷彿被刺激了，加速衝向她。

「該死！」時悅穎往後躲了躲，但是那兩團光速度實在太快了，眨眼間就衝到女孩的眼前，在她白皙的瓜子臉上撞了一下。

時悅穎頓時尖叫起來，她使勁的揮舞著手，想要把那鬼火似的玩意兒弄走。但她的尖叫反而起了反作用，兩團鬼火沒有消失，周圍甚至冒出了更多的鬼火。

無數的鬼火一閃一滅，在地上顯露出來。在這片黑暗惡臭的空間裡，散發著令人顫慄的詭異。

數十萬團鬼火閃爍著森綠的光，發出噗嗤噗嗤的聲音從地面飛起。那些微弱的光每一團都不起眼，但是數萬團加起來，倒是將這灰暗無光的世界照亮了。

時悅穎的雙腳發軟，頭皮發麻。入眼處，綠光將地面照亮，地上全是密密麻麻的頭蓋骨，根本說不清有多少個。

每個骷髏頭的森白眼眶裡都有亮點綠光。這些綠光飛到空中，交匯在一起，朝天空飛去。

女孩這才發現，自己所謂的鬼火，居然是螢火蟲。大量的螢火蟲！

太古怪了，這乾燥的洞穴根本就沒有適合螢火蟲生長的環境。這些螢火蟲究竟是哪兒來的？

眾所周知，螢火蟲喜歡棲於潮濕溫暖草木繁盛的地方。時悅穎眼巴巴的看著數萬隻螢火蟲飛走，再也看不到蹤影，好半天才回過神來。那震撼人心的場景簡直難以描述。女孩感覺周圍的惡臭似乎又濃烈了些。

許多臭味，都近在咫尺。

她伸手在剛剛兩隻螢火蟲碰過的臉頰上抹了一把，手指頓時接觸到一股滑溜溜的液體，噁心得很。她將手湊到手機燈下看了看，連忙用力的甩起手來。

只見指尖有一坨油綠的黏狀物，驚人的臭味正是從這團黏狀物上散發出來的。時悅穎甩了幾下甩不掉，連忙掏出紙巾將手和臉擦乾淨。

但味道，卻始終散不掉。

這麼大的地方，該怎麼找妞妞呢？隨著螢火蟲消失殆盡，洞穴中的黑暗也好像變得正常起來，手機的光照得更遠了。

時悅穎望著這遍地都是骷髏頭的空間，暗自猜測這地底世界在許多年前曾經發生過什麼。沒聽說江陵市有被大屠殺的歷史啊，這些人頭骨到底是從哪裡來的？太令人疑惑了，而且萬萬想不到，居然就在自己家的別墅下邊。

簡直是不可思議。知道了下邊有這種東西，這別墅，都不敢再繼續住下去了。

就在女孩一籌莫展，對找到外甥女完全摸不著頭緒，準備退回去報警，讓警方組織人力全面搜查時。突然，右側遠處傳來了一聲幼女的尖叫。

是妞妞！

時悅穎精神一振，立刻朝聲音來源的方向一邊喊一邊跑：「妞妞，是妳嗎？」

「小姨，我在這裡！」小蘿莉的聲音響起，語氣充滿了驚慌。

在黑暗中不斷往前衝的時悅穎感覺眼淚都快要掉下來了。自己總算找到外甥女了。還好沒事，還好沒事。

時悅穎的鞋子踩過無數骷髏頭，不停有頭顱被踩破。在這寂靜無聲的地下深處，乾燥得猶如塑膠的頭破碎的聲音顯得極為刺耳。

陰冷的風，吹得更加刺骨了。

跑了快足足五分鐘，時悅穎才在不遠處看到了妞妞的身影。只見妞妞正趴在地上，一動不動的發呆，眼睛也眨也不眨的不知在看什麼。

「妞，妞妞！」她走到了小蘿莉身後，輕輕拍了拍外甥女的肩膀，責備道：「妳怎麼跑這鬼地方來了，妳知道妳媽和我有多擔心嗎？」

妞妞仍舊在發呆，似乎沒有聽清楚她說的話。

時悅穎又用力了些，想要將外甥女拉起來。可是她的力氣也不算小，卻絲毫沒有將小蘿莉拉動。甚至就連小蘿莉瘦弱的肩膀都沒有移動半分。

「妞妞，妳聽到我的話了嗎？」時悅穎遲疑的縮回手，她繞過妞妞的背，想要看看外甥女到底在看什麼，居然看得那麼入神。

只看了一眼，時悅穎就感到腦袋似乎被鈍器打了一下，險些嚇得暈過去。

妞妞正前方有一個坑，一個不算太深的坑。坑大約只有五十公分寬，周圍的土都是新挖出來的，一張破舊的小鐵皮被扔在不遠處。

妞妞的手髒兮兮的，滿是臭烘烘的泥土。鐵皮上也沾滿了土，這個坑顯然是妞妞挖的。

而且挖出了一個難以想像的東西。

坑裡，有一個大約二十公分高的酒罈子，玻璃酒罈子。酒罈子裡盛滿了褐色的液體。時悅穎的手機光芒正好落在酒罈子的表面。玻璃面頓時反射出一圈光暈。裡邊的液體渾濁不堪，什麼都看不到。

可是沒等時悅穎眨眼，罈子底部居然漂起一團怪怪的物體。那是一具嬰兒屍體，一具還沒有發育完全，表皮都已潰爛的嬰孩。看樣子是被人從子宮裡挖出來，泡進酒罈中。

一棟明顯是五十多年前的老地下建築，一個遍地都是骷髏頭的地底空間，沒想到妞妞還挖出了泡在酒罈裡的嬰兒屍體。這到底是怎麼回事。偌大的地方，妞妞究竟是怎麼準確的找到酒罈的位置，還把它給挖出來？

大量的資訊在腦中亂成一團，弄得時悅穎頭暈腦脹。她本能的覺得這地方有些恐怖，還是儘快離開才行。

時悅穎又試著搖了搖妞妞的身體，小蘿莉還是沒有任何反應。她大大的眼睛像是失了魂，視線死死的黏滯在酒罈上。時悅穎連忙用紅色圍巾將酒罈遮住，妞妞這才如同夢遊醒來般，回過神來。

「小姨，妳怎麼在這裡？」小蘿莉眨著眼睛問。

時悅穎沒好氣的說：「廢話，還不是為了來找妳。妳怎麼跑這裡來了？」

「對不起。」從小就懂事的妞妞知道自己給小姨添了麻煩，連忙不好意思的賣乖，「我就是想出去溜溜，結果捷徑突然找不到了，最後跑到這裡。」

她抬頭四處看了看：「一進來就迷路了，小姨，妳是怎麼找到我的？」

「我猜妳的密道可能在這地方，就進來囉。」時悅穎揉了揉外甥女的腦袋：「算了，其他事情回去再說。我們先離開吧，這地方怪可怕的。」

「嗯，陰森得很。」小蘿莉贊成道。

兩人順著來時的路出去，時悅穎怕妞妞想起來害怕，沒有再提及洞裡的事情，也沒有跟姐姐時女士說。本以為那件事就這麼結束了，可今天居然發生了妞妞跑進壁畫的怪事。想來想去，女孩都覺得恐怕兩者之間有些關聯。

不知何時，時女士也走了過來。她顯然聽見時悅穎的話，頓時更加失魂落魄。

我的視線瞟過這個豐滿漂亮的女人，眼神閃爍了幾下，終究沒有開口詢問。

時女士到過周雨家後，就顯得有些古怪。聽完時悅穎提及的詭異洞穴，表情就更怪異了。難道，她知道些什麼？

如果真知道某些重要的事情，為什麼嘴巴緊閉不願意說出來，難道她不想救自己的女兒嗎？奇了怪了，還是說，其中的內情，有些是我沒有搞明白的？

我不由得謹慎起來。

第五章 操縱者

人，其實是一種極為奇怪的生物。許多人做夢都在想，第二天世界末日了該多好！全世界的人都變成了喪屍該多好！自己坐船坐飛機，突然失事了，被獨自丟在了荒島上該多好！

每個人，其實多多少少都在最煩最累最難過的時候，抱有這樣的想法。

所以最近的災難片和野外求生片大熱門。事實是，在災難面前，生活確實簡單了很多。你不用再挖空心思公司裡的人競爭，不用考慮晚上是補眠還是練瑜珈好，甚至沒有太多的選擇。

因為末日和荒島，令你只剩下了唯一的選擇。那就是不惜任何手段生存下去。你不用再為了辦個手續來回折騰，只有你一人在自然中，你要和鬣狗搏鬥，尋找食物、淡水。唯一目標便是：不要死。

如果沒死掉，你就是成功的！

你瞧，人生多簡單。拋棄了社會動物的習性，人類也可以更加單純。

但假如真的把一個人放到野外讓他一個人生存，不一會兒他就會要這要那，要衛生紙要上網。這是人類的本性。人類用數十萬年時間進化出與自然保持孤立的天性，不過和自然抗爭是祖先的事，可不是你。但是求生的天性依然在你體內流淌。

生存是唯一的目的！

這是天性！

這就是為什麼我們都喜歡荒野求生的故事。這是人性的核心。我們都有求生本能，我們都有希望彼此存活的基本欲望。

在文明社會生活的人類很容易忘記這一點，儘管辦公室的同事經常互相惡作劇，但是如果大樓倒塌，不管是誰被壓在瓦礫之下，你或對方都會奮不顧身將被埋者拉出瓦礫。

人類花了幾百年時間才學會共同抗爭大自然，雖然目前的現狀看起來還好，但是一旦大海嘯或地震來襲，人類依然免不了受自然擺佈的下場。在這種時候，人們放下不同的意見，攜起手來共同抵抗災難。因為在人類內心都明白這樣一個道理：真正的抗爭是人和自然因素的鬥爭。

所以看著電視裡的主角用人類還是猿猴時的求生本能在野外求生，我們每個人內心都深深希望他能活下去，這就是為什麼人們喜歡看人與自然抗爭的原因。

因為那是本能。

所以儘管一個人失憶了，他的習慣，他的本能，那融入了脊髓的生存技巧和性格，仍然會保存在每個細胞裡。一如我般，從前是什麼人，完全不記得。但是我卻絲毫也沒有因為失憶而慌張過。我的大腦仍舊如同機器般敏銳，處理問題的方法依然有條不紊，不慌不忙。

我曾試著分析以前的我，到底經歷過什麼。可這需要時間，是一個很漫長的過程，而能夠順藤摸瓜的線索也不多。所以現在我最主要的精力，還是放在了怎麼找到妞妞上。才剛被時悅穎撿回來一天而已，但不知何時起，自己似乎已經習慣了這個家。作為家裡唯一的男性，必要的重量，還是必須要扛在肩膀上的。

因為我是男人。

如果時悅穎真的是自己的妻子，那麼找回妞妞這個外甥女，就是必要的事。因為我這個男人，必須為自己的妻子解決煩惱。這是作為丈夫，最基本的責任。所以說人類，還真是奇怪的生物。一旦接受了某一樣設定，就會認真的融入進去，再沒有別的想法。

我聽完時悅穎的講述後，將視線從時女士的臉上移開，沉默片刻後。突然開口問：「悅穎，妳當時就不覺得奇怪嗎？」

「奇怪，什麼奇怪？」時悅穎眨了眨大眼睛，詫異的問。

「如果妞妞一直看著那個泡著嬰兒屍體的酒罐發呆，那麼，究竟是誰在洞穴裡叫妳的呢？」我一字一句的緩緩道。

「啊，對，對啊！」女孩總算反應了過來。她一想到這就覺得通體發冷，雞皮疙瘩不停的往外冒。是啊，如果不是妞妞主動回答自己，那麼在洞裡的慘叫聲，又是誰的呢？

「既然購物街上的畫之所以詭異，是因為周雨撿到的那張照片。不過現在又有新的線索了，就是妳提到的位於別墅區下的人造洞穴。」我思索了片刻：「現在等狗狗排泄，還要幾個小時。要不我先去探一探！」

「現在下不去了！」時悅穎搖了搖頭：「事後我也去找過，但是那個入口已經塌陷，什麼蹤跡都沒了。」

「這個問題不大！」我的視線繞著別墅轉了一圈：「能住這種地方，應該挺有錢的吧。雇一輛怪手，跟管理單位商量一下。順著入口出現的位置挖掘，應該很快就能找到沒有塌陷的入口。」

說這番話的時候，我有意的看向了時女士。妞妞的母親默然的點點頭。

「我去找人安排。」她掏出手機打了幾個電話。

「時女士。不對，按照江陵市的稱呼，作為悅穎的丈夫，我應該叫您一聲大姨子。」我一把抓住她正要塞回衣袋中的手機，輕聲道：「妞妞是妳的女兒，對吧，大姨子。可是妳似乎一直有事情瞞著我們。」

話音落地，時悅穎立刻驚訝的轉頭望向姐姐：「老姐，小奇奇說的是真的嗎？」

「我，我沒有！」時女士頓時搖頭，臉色有些慌張。

「如果沒有的話，那這怎麼解釋？」我將手機的通話紀錄調出來，反手露出螢幕，給時悅穎看：「通話紀錄上顯示，妳剛才根本就沒有打電話。看來大姨子妳完全沒有找挖掘隊的打算。」

「姐姐，這是怎麼回事！」時悅穎疑惑的說：「妳不想救妞妞了？」

「想，我怎麼可能不想。」時女士打了個哆嗦，她說了這句話後，就不願意開口了。

我又查了查她的通話紀錄，眼神頓時沉了下去：「就在十分鐘前，有一個陌生的，沒有來電顯示的號碼跟妳通過話。我想，跟大姨子妳現在的態度，或許有某些關聯吧！是和妞妞有關嗎？」

時女士沒有點頭，也沒有搖頭。

時悅穎感覺非常驚訝，自己的姐姐究竟有多愛女兒，她清楚得很。但是姐姐現在的行為卻非常反常，這到底是為什麼。女孩正想開口，我立刻用眼神示意。時悅穎頓時將快要脫口而出的話硬生生的吞了回去。

我的眼神無比鋒利，彷彿一把銳利的刀，幾乎把時女士活生生的切成兩半。但時女士不願開口，用力的咬住下唇。

我突然閃過一絲明悟，笑起來：「大姨子，既然妳不願意開口。那麼就讓我這個做妹夫的小小猜測一下。那個無法顯示號碼的電話，或許不只提到了妞妞，也提到了我吧？」

時女士的臉顫動了一下。

果然，我猜對了。

時悅穎完全不知道該怎麼做了，她驚慌失措的一把抓住我的手。我的話令她心驚肉跳，她死命地將我的臂膀抱住，害怕一放手，我就會消失。

「電話的內容，我也稍微猜測一下。大概是妞妞他或者她會幫妳找到。而代價就是需要妳配合，準備對我做些什麼。」我伸手揉了揉時悅穎的小腦袋，讓她放心，我不會一聲不響的就離開。

時女士仍舊沒說話。

「電話的對方，要求妳對我保密，絕對不能洩密。否則妞妞的安全就無法保證，對吧？」我再次問。

時女士的臉色再次陰鬱了下去。

看來自己又猜對了。

我的笑容更甚，微微嘆了口氣，嘴角滿是苦澀：「這我就覺得奇怪了，一個失憶的人被同一個人兩度撿回去的可能有多少？背後沒人安排的話，那才叫奇怪咧。還有妞妞失蹤，周雨不會莫名其妙的撿到一張詭異的照片，妳們家別墅下也不會無緣無故的突然出現一個詭異的洞穴。說不定這一切都是背後有人操縱，而操縱一切的人，肯定和我的失憶有關。」

時悅穎身體一顫，她什麼都沒說，但是害怕再次失去我的深情在臉上表現得淋漓盡致。

而時女士，嘴唇都發白了，顯然內心十分糾結難受。

我用手敲了敲椅子上的鋼管，空洞的聲音立刻傳遍花園：「大姨子，妳可以什麼都不說。但現在的發展，或許已經超出操縱者的意料。恐怕就算是那些人，也無法救出妞妞了！」

「怎，怎麼可能！」時女士大驚失色。

「這是很明顯的。如果不是超出意料之外，神秘電話的主人不會打電話給妳。留著當殺手鐗多好，畢竟我還沒有開始追尋遺忘的記憶，甚至乖乖的待在這裡。雖然自己不清楚從前的我是誰，到底做過什麼。但恐怕，我的經歷不會簡單到哪裡去。」我輕聲分析道：「我這種人乖乖的，那些人應該巴不得才對。絕對不會打電話給妳打草驚蛇。因為他們應該清楚，哪怕我失憶了，也能藉著那通電話分析出他們的意圖。」

「但是他們卻鋌而走險，警告妳，和妳做交易。那就表示，他們對妞妞的事，已經沒轍了。」

聽完這番推理，時女士頓時腿一軟，一屁股坐倒在地上。臉上的絕望瀰漫，周圍的空氣頓時悲涼起來，讓人看得於心不忍！

時悅穎不忍心姐姐受罪，走上前握住了她的手，輕聲安慰道：「姐姐，不要和那些人與虎謀皮。小奇奇回來了，就像三年前一樣，他一定有辦法救出妞妞的。」

「唉，或許只能如此了。」時女士下了決心，準備將那通電話的內容說出來。

可還沒開口，就被我攔住了：「不用將內容告訴我。既然他們敢打電話，那麼就有可能是故意想讓我知道。這通電話的內容裡，肯定有會誤導我的訊息。不聽，我的判斷會更準確。」

不錯，如果自己的失憶背後，真的有人在背地裡操縱。那麼就有些意味深長了，是那些人故意將詭異的小鎮照片丟給周雨，讓她發瘋，最後利用她來使妞妞消失的嗎？可他們對付妞妞這只有六歲的小孩，不乾脆的綁架，而是如此費盡功夫。究竟有什麼目的。真的只是單純用她來要脅時女士，讓她配合？以圖從我身上得到某些利益？

可越想，越是覺得有些地方不太對勁！

還沒想清楚，本來趴在花園角落的流浪狗突然站了起來，顯然是想排泄了。這比我估計的時間早了三個小時。

難道是那張詭異照片的緣故？

我們三人驚訝的看到流浪狗撅起屁股，對著狗屋的方向用力放了幾個響屁。然後肚子開始咕隆咕隆的響個不停。

流浪狗的模樣很難受，牠用力夾住尾巴，但是臀部卻一抽一抽的，不停地顫抖著。我拉著時女士和時悅穎，往後退了退，退得遠遠的。只聽「噗」的一聲，大量的狗屎從流浪狗屁股裡噴了出來。黑褐色的液體像是油漆，帶著驚人的惡臭，噴得狗屋和一小部分牆面到處都是。

「狗窩看來是要拆開扔掉了，牆壁也要清洗。」時悅穎被臭得捏住了鼻子：「好臭好臭。」

說完還不忘橫了我一眼：「比我早晨撿你回來時，還要臭。」

我沒理她，專注的看著那些糞便，努力分辨照片在哪裡。稀疏猶如液體的狗屎味，有些令我皺眉。那惡臭味，不像是糞便的味道，而更像是屍臭。

怪了，我怎麼會知道屍臭是什麼味道，而且還能準確的辨識出來。從前的我，究竟是什麼人？

視線搜索著，很快我就找到了照片的位置。那張詭異的照片就貼在狗窩的頂端，黏糊糊的狗屎充當了黏合劑。就算剛被拉出來，照片也只是呈現著泛黃的畫面以及透露著歲月的年輪。稀拉拉的便便在照片表面上滑了下去，沒有留下任何的骯髒。

這張照片果然無法摧毀，就算被流浪狗的胃液消化，拉出來的時候仍舊是完好無損的。光這種無損的屬性，就夠令我驚奇不已。

世間上還真有這種稀奇古怪的東西！

照片在花園的燈光下，反射著冰冷刺骨的光澤。我找來一根軟管，接上水龍頭後，用強大的水壓將照片沖下來。將照片大體清洗過一遍後，我將剛排泄完的流浪狗牽走。又如法炮製的在照片上塗抹一層香噴噴的肉醬，再將另一隻流浪狗牽過去，將牠的鼻子按在照片上。

本來就存了實驗的心思，所以餵這裡流浪狗時，肉乾給得很少，只夠牠墊個底。這隻白色流浪狗顯然已經餓了很久，我給的肉乾哪裡夠吃。牠汪汪的叫了兩聲後，鼻子一抽，終於受不了肉醬的誘惑，幾口就將照片撕碎，吞進了肚子裡。

稍後，依然將兩隻流浪狗分開，我坐在花園中央的椅子上，默默的觀察著牠們倆的動靜。時悅穎和時女士都沒有離開，而是找了椅子坐在我身旁，有些不解的看著我的舉動。不過，她倆怕打攪我，聰明的都沒有開口詢問。

出乎意料的是，第二隻吃掉照片的狗狗沒有任何反應，趴在地上熟睡。反而是第一隻吃過照片的流浪狗侷促不安的站了起來。牠再次夾緊屁股和尾巴，將臀部高高聳起，抽搐不已。

說時遲那時快，只聽幾聲驚人的響屁過後，大量的糞便又再次噴了出來。我大為奇怪，這狗明明已經餓了幾天，雖然剛剛稍微吃了些東西，但剛才就拉了那麼多了。現在居然還有如此多的糞便，簡直無視質量守恆定律嘛！

還是稀飯般的便便，仍舊散發著有如屍臭的味道。我拿來水管將便便沖乾淨後，整個人渾身一頓。

時悅穎和時女士甚至難以置信的捂住了嘴巴。

只見一堆被水稀釋，流得到處都是的糞便中，那張老舊的照片露了出來。我愣愣的看著這張照片，許久都沒有說話。

太神奇了，完全像是魔術。如果不是自己親力親為的做實驗，簡直會認為有人動了手腳。雖然早就有所猜測，可是真的親眼看到明明是第二隻流浪狗將照片撕碎吞下去，結果拉出照片的，卻是第一隻吃進照片的狗狗。

這張照片詭異得讓我渾身惡寒。

我們三人對視一眼，時女士有些不知所措。而我則走上前，準備將照片拿起來。時悅穎頓時嚇了一大跳，死命的拽住我的手，驚叫道：「小奇奇，你想幹什麼，不要命了？」

「沒關係。」我拍了拍她的小腦袋：「實驗成功了。妳看，第二隻流浪狗吃下照片後，不是一點事也沒有嗎？這張詭異的照片，看來還是有一定的侷限性。那就是會黏上第一個接觸到它的生物。只要那個生物不死，對其後接觸它的生物無效。所以，就算我把它拿起來，也不會有危險。」

「可是，可是……」時悅穎雖然聽懂了我的解釋，可仍舊沒有放手的打算。

時女士忍不住了，擔心妞妞的情緒終究佔了上風。她一把從地上將照片撿起來，湊到眼前觀察。我立刻湊了上去，時悅穎也好奇的伸出腦袋，從我的頭側張望。

一直以來都遠遠地觀察，所以看得並不真切。細看之下，這張照片已經有好些年代了，本以為畫面泛黃，其實照片本身就是棕褐色，而且還有許多小的光斑。照片中的小鎮景象，遠沒有周雨畫出來的那麼清晰明瞭。只能看到小鎮的具體格局，甚至談不上層次感。

我微微皺了皺眉頭：「這張照片，至少有一百二十年的歷史了。」

時女士詫異的問：「這都看得出來，上邊明明沒有標明日期。」

她將正反兩面都瞧了瞧，果然沒有寫著日期。我淡淡道：「一張照片的古老程度，專業人士只需要用眼睛就能判斷，甚至能從照片的著色和沖印水準裡，找到使用的鏡頭或者相機資訊。」

「你分辨得出來？」時女士又問。

「很不巧，雖然本人失憶了，但是或許還真是個專業人士。」我摸了摸鼻翼，完全沒有不好意思的自我得意了一下：「從照片的著色看，應該採用的是蔡司公司一八六六年發明的銀冕光學玻璃製造的鏡頭，這種鏡頭，產生了最早期的正光攝影，而也只有這種鏡頭，照片才會呈現出漂亮的棕褐色。它的發明，讓攝影鏡頭的設計製造，得到迅速發展。」

「從這裡分析起來就簡單了。一八八八年美國喬治・伊士曼和他的伊士曼柯達公司生產出了新型感光材料，一種柔軟、可捲繞的『膠捲』。這是感光材料的一個飛躍。同年，柯達公司發明了世界上第一台安裝底片的盒式照相機。」我手指彈了彈照片的表面：「喏，這張照片應該就是那種盒式照相機照出來的。照相機的製造時間，不超過一八九八年。因為一八九八年後，這種相機就因為新型便攜相機的衝擊，被淘汰了。所以這張照片拍攝的時間，應該在一八九〇年到一八九八年的這八年之間。」

時悅穎和時女士聽了我的解釋，佩服不已。

「小奇奇，你還是那麼博學。不愧是我的男人！」時悅穎滿眼都是小星星。

時女士開口道：「就算知道照片的年紀，可為什麼它有那麼大的魔力，為什麼照著它畫出來的壁畫，會把妞妞吞下去。我的妞妞，究竟在哪裡。你能從這張照片上看出來嗎？」

「雖然看不出來，但我可以稍微猜測一下。」我微微一沉吟，這才道：「照片真實反映的是，按下快門的一瞬間。我們與其揣測妞妞為什麼會被照片吞噬，還不如研究一下，照片中的古鎮，究竟在哪兒。說不定在照片的古鎮中，我們能找到妞妞的下落。」

「你的意思是，照片穿越了時空，像小叮噹的任意門般，從江陵市購物街的空間將妞妞傳送到了照片中古鎮的空間去了？」時悅穎眨著眼睛，冰雪聰明的她完全明白了我的意思。

「這怎麼可能！」時女士頓時嗤之以鼻：「怎麼可能有這種荒唐的事！」

「妞妞的失蹤，妳是親眼看到的。大姨子，妳覺得還有其他的解釋嗎？」我反問。

雖然如此荒謬的結論也令自己震驚，但是我卻毫不猶豫的接受了。反而是時悅穎，或許是因為我說出的答案，她也完全沒懷疑的相信了。她對我的信任，再次提高了我對她的好感度。

時女士的舌頭打了結，仍舊搖著頭，一臉難以置信的模樣。但她的心底深處，顯然是有些相信我的推理了。

「可是小奇奇，光憑一張照片，能找到古鎮的位置嗎？」時悅穎有些焦急：「畢竟同樣模樣的川西古鎮，實在太多了。妞妞已經失蹤了十多個小時。下午在壁畫中，她在棺材鋪裡明顯有危險。再不找出她的下落的話，我怕……」

說到這，她和時女士同時打了個冷顫。

我沒回答，再次打量起照片。又過了許久才說道：「其實古鎮的位置，或許並不難找到。照片既然是一百二十幾年前照的，攝影師有八、九成是個西方人。因為直到上世紀早期，整個國內也沒有幾部柯達相機，就算有，分佈也多在上海、香港和澳門等租界內。盒式相機雖然說是便攜式的，但由於大量使用了木質材料，其實非常不好攜帶。」

我指著照片，繼續道：「但是照片裡的古鎮明顯是川西風格，這就有個疑問。一百多年前，川西火車根本就不通，秦嶺附近更是因為軍閥割據，陸路無法通過。那麼就只能走水路了。」

「而水路，是當時進入川西平原唯一的一條通道。經由上海坐船走長江水路約十多天到達重慶，再從重慶轉陸路到成都。一路顛簸艱辛，很少有人能帶著木質的盒式照相機到達。特別是在一八九〇和一八九八這八年間，四川亂成一團。」我低頭想了一會兒：「不過，倒也有一個荷蘭人成功了。」

「荷蘭人？他很有名嗎？」時悅穎問。

「不算有名，就算是廣義歷史上都很難找到他的名字。」我回答。

「那你是怎麼知道他的存在的？」女孩好奇起來。

「我也不知道。」我指了指自己的腦袋：「似乎自己失憶得很不徹底，一切關於自己的記憶都消失了，完全想不起來。但知識方面的東西，我卻清楚得很。只要需要某一方面的資訊，那些知識就會自動浮到表層。」

「你的失憶症還真是方便。」時悅穎不知想到了什麼，突然變得鬱悶。

「好了，別追究我的失憶問題了。這事我自己抽空弄明白，自己外甥女的安危問題優先。」我的聲音頓了頓，心潮起伏。心裡更是冷哼不已，自己的失憶極有可能是人為的。無論讓我失憶的是誰，究竟有什麼目的。我都會千百倍的報復回去。真以為我是壞掉的茄子，能夠任意拿捏嗎？

「那個荷蘭人叫做安德森．喬伊，他從小就立志當博物學家。但他真正讓人記住的是他的攝影作品。這傢伙一生中拍攝了三萬張照片，記錄了中國、非洲、印度、拉丁美洲等地許多落後的民俗習慣和骯髒的生活環境。而且，一八九五年，安德森．喬伊正好進入川西平原。這張照片，很可能就是這傢伙的作品。」

「川西平原那麼大，就算知道了照片的作者，難道還能知道確切的古鎮位置嗎？」時女士焦急的問。

「當然能。安德森．喬伊總共只在川西待了十多天。在十多天中他到過離成都最遠的地方，就是一個叫做案骸的古鎮。」

語音未落，就聽到時女士猛地驚慌失措的將古鎮名字重複了一遍：「案骸？你確定那個古鎮的名字叫案骸？」

光看她的表情和尖銳的聲音，我就知道，自己找到了。妞妞的失蹤，果然和自己沒有太大的關聯。或許真正的問題，還是出在時女士一家身上。時女士知道案骸這個古鎮，難道那張詭異照片，真的是瞄準了她和妞妞？

怪了，一個是普普通通的熟女人妻。一個是六歲的可愛小蘿莉。

那張照片究竟有什麼秘密，將它拋出來害妞妞的背後主使者究竟是誰？和陷害我的人，真的是同一夥嗎？

不由得，我陷入了沉思中。

第六章 妞妞的身世

小時候，當飛機從頭上飛過時，我總是帶著期盼的心情看著它，然後大聲的喊：「飛機，飛機掉下來！飛機，飛機掉下來！」長大後，當我第一次坐上飛機時，總是心驚膽顫的想起那幫跟過去曾經的我一樣的熊孩子，希望那些看著飛機飛過的死孩子們的烏鴉嘴不會應驗。

時間變了，人變了，觀念也就變了。一切，都是隨著時間和空間的移動而不同的。人在經歷中成長，卻終究會敗給時間。

因為時間的腳步，沒有人能追上。追得上的人，也不會走到自己生命的盡頭。

奇怪了，為什麼自己會想起小時候的這段事情？我摸了摸腦袋，有些疑惑。自己的失憶症，還真是有些古怪！

身旁傳來了時悅穎的聲音。

「姐姐，妳知道案骸鎮？」女孩明顯因為時女士慌張失措的情緒而驚訝，從小就跟著姐姐長大的她，卻從來沒有聽說過案骸鎮這個名字！

時女士突然醒悟過來，她用力搖了搖頭，閉上嘴打死都不再說一個字。

我嘆了口氣，這個女人實在是有些古怪彆扭。她真的想救自己的女兒嗎？如果真的想救，那麼任誰都明白開誠佈公的將事情的前因後果以及深藏在心底的秘密講出來，比繼續掩埋隱藏更加有利。

何況，我已經表現出能夠解決這件事的能力。但時女士，顯然有某種深深的顧慮。這又令我疑惑起來，如果我是時悅穎的丈夫的話，她的姐姐為什麼對我的情緒表達有些陌生。彷彿我就只是個見過幾次，有些點頭之交的傢伙而已。

這個時家，還真有些令人頭痛。時女士對我的生疏，時悅穎對我毫無理由的信任。讓我越發摸不著頭緒！

但現在，資訊實在太少了，根本無法分析究竟誰在撒謊。又或者，誰都沒有撒謊！

「大姨子，我覺得妳應該考慮一下，該說的不該說的，或許我能多知道一些，就可以更快的找到妞妞！」我撓了撓頭，覺得既然當事人都不急，自己那麼著急幹嘛。還不如翻翻那堆破爛衣物，或許能尋找些關於自己從前是誰的線索。

一天時間，腦子內冒出那麼多奇奇怪怪的知識，任誰都會好奇不已的。

我拉了拉時悅穎，示意我們先離開花園去客廳等等，讓時女士自己冷靜一下。說不定沒多久她自己就會想通。

時悅穎雖然不解，但還是跟著我離開了。但是我倆剛往前邁開兩三步，就聽時女士尖叫了一聲。人妻少婦像被火燒到了手，拚命的把照片扔了出去。

那張老舊照片在空中飄動搖擺，緩緩的掉落在地上。它漂在滿是屍臭味的糞便液體上，只見本該靜態的畫面，猛地動了。

棕黃色的黑白畫面中，每個模糊不清的店鋪突然變得清晰起來。照片裡旗幟隨風搖動，人聲從視線看不到的盡頭傳來，似乎有大量的鎮民走過來趕集。小鎮不知何時下起了小雨，青石板不一會兒就被打濕了，匯聚在一起的水流順著青石板的每個縫隙往坡下流。

照片裡的畫面越來越清楚，清楚得讓我心驚膽寒。我感覺自己看到了海市蜃樓，一個只出現在照片上的海市蜃樓。

照片繼續演繹著小鎮中的世界。我的視線凝固在了右下角棺材鋪的位置，棺材鋪上沒有招牌，只在牆上雕刻著棺材狀的雲紋。棺材鋪旁邊的打鐵鋪的門開了，從裡邊走出了一個穿著黑衣服，渾身黑漆漆，完全看不到臉的人。他駝著背，手裡提著一個沉重的袋子。每走一步，我就彷彿能聽到袋子裡發出大量金屬碰撞的聲音。

駝背男人，是照片中能看到的，唯一一個人。他的衣服雖然也有百年前的川西風格，但是袖子和衣領卻有些特別，似乎經過改動，像是某個地方的特色。

這種設計，自己似乎在哪裡見到過。但是仔細一想，卻怎麼都想不起來！

畫面繼續著。男人往坡下走，打開棺材店的門走了進去。就在昏暗的光線照入棺材鋪的瞬間，我們三人同時都驚呆了。

時女士尖叫了一聲：「妞妞！」

不錯，妞妞確實出現在畫面中。想來也挺奇怪，明明是一張 15.2 公分乘 10.2 公分的六吋大小照片，而整個棺材鋪還只佔這六吋的十分之一不到。也就是說，我們現在注意到的棺材鋪內部，只有一點多公分乘以一點多公分，換算下來，還不如一個六歲孩子的小指頭指甲那麼大，可是我們卻能清楚的看到裡邊的情況。

這實在是太怪異了！

棺材鋪裡不光有妞妞，還有另一個女人。這個女人大約二十一、二歲，蜷縮在棺材鋪的一角，滿臉驚慌失措。她的長相普通，臉頰上滿是淚水。妞妞小大人似的拍著女孩的肩膀，似乎在安慰她。

聽到大門大開的聲音，一大一小兩個女孩同時渾身一顫。

駝背的男人慢悠悠的走進大門，妞妞雖然害怕，但是仍舊勇敢的用身體擋在了成年女孩前面，清脆的說：「你是個壞人，你抓我們來究竟想幹嘛。告訴你，我媽媽很有錢喔。我的小姨特別厲害，她們一定會找到我的。到時候你會死得很慘。」

妞妞的聲音竟然能從照片上傳出來，太不可思議了！

駝背男人什麼話也沒有說，他慢吞吞的將手裡的口袋放在地上。劈哩啪啦一陣響聲，袋子口敞開，露出了大量至少七吋長的棺材釘來。

男人拿起其中的一根，徑直走向二十歲左右的女人。

「你想幹什麼，不准欺負周雨姐姐！」妞妞大喊了一聲，用力伸手攔住男人，活像保護小雞的母雞。

周雨？那個年輕女人是周雨？我渾身一震，思緒立刻陷入泥濘中。周雨明明就已經死了，怎麼會出現在照片裡？難道人死了真的會有靈魂？仔細一看，年輕女子確實依稀有那具叫做周雨的乾屍的輪廓和模樣。但是妞妞，為什麼會認識周雨？

駝背男人似乎根本就不會說話，他一揮手，便把妞妞打到了牆上。妞妞的身體撞到牆，彈到地上，彷彿受傷了，艱難的爬了幾次都沒有爬起來。

「妞妞！」時女士再次慘嚎一聲，癱軟的跌倒在地。

沒有人阻攔後，駝背男人一把抓住周雨的頭髮。周雨想要抵抗，但卻無能為力。男人的力量很大，他拖著女孩，將她丟進了其中一口棺材中。男人手裡的棺材釘反射著詭異的光澤，周雨仍舊掙扎著，駝背男揚起手裡的釘子，朝女孩的額頭使勁兒釘了下去。

一下！兩下！三下！

很快，周雨就倒在棺材裡，血水順著棺材的木材縫隙流了出來。鮮紅的液體流了一地。

駝背男慢吞吞的將棺材的蓋子蓋上，又用棺材釘將棺材牢牢封死。然後朝著妞妞走了過去！

時女士撕心裂肺的大叫著，她朝照片跑過去，似乎想要跳入照片中，將妞妞救出來。

畫面中，駝背男人像是突然發現了什麼，猛地一回頭。看不清臉的他，似乎發現了我在偷窺。

男子的臉雖然隱藏在陰影中，可是我仍舊清楚的感覺到，他的視線牢牢的凝固在了我臉上。駝背男咧著陰森的笑，意味深長。

他的眼神冰冷刺骨，嚇得我頭髮都快豎了起來。那個男人認識我，他絕對認識我！那眼神，是威脅的眼神。他想要殺了我！

可為什麼，明明只是一張照片中的男子，他為什麼要殺我？

還沒等我回過神，就在這瞬間，棺材店的門「啪」的一聲，再次牢牢的關上了。

時女士一眨不眨的看著照片，渾身都在發抖。我和時悅穎也驚魂未定，不知所措。過了好久，時女士才彷彿緩過勁兒般，摸索著坐在椅子上，對妹妹說：「悅穎，去電視櫃抽屜裡拿一根菸給我。」

時悅穎下意識的照做了。

「六、七年沒抽過菸了，沒想到還有拿起它的時候。唉！」時女士拿著煙，點燃，深深的吸了一口。像是決定了什麼般，用銳利的眼神死死的看著我：「小奇奇，我真的能相信你嗎？」

「不知道。」我搖頭苦笑：「不要跟一個失憶的人談信任。」

時女士也苦笑起來：「是啊。我跟你談什麼信任。那麼下一個問題，你真的能把我的妞妞救出來？」

「只要資訊足夠，我應該能找到妞妞。」我的話裡留了一絲餘地。廢話，一天時間而已，就遇到了那麼多匪夷所思的事情，我現在也不敢保證什麼了。

顯然看到照片中詭異一幕的時女士也沒有太多的選擇了。她低頭，優雅的又吸了幾口菸，輕聲道：「還能怎麼辦，我現在，就把知道的一切，通通告訴你！」

接著，時女士講了一個就連時悅穎也不知道的，更加離奇驚悚的故事。故事，要從十八年前說起。

那時的時女士不過才十八歲，剛剛踏入大學的象牙塔中。

人們說，大學就像學生們最後一道保護膜，他們聚在一起，一起取暖，一起共用資源，一起等待即將到來的社會生活。

它是大多數人踏入社會的最後一座加工廠。有人在這裡被加工得面目全非，成了一個道貌岸然的君子，還有人沒被包裝，也沒被加工，只是一直在試圖找尋自己的出路。都說人生經歷的幾個階段中，大學是最自由的。現實是刻苦的學生在大學裡創造第二人生，墮落的學生在虛幻世界裡游離。

大學生活看似波瀾不驚，可一旦稍有風吹草動，便會驚起一波波漣漪。大一快結束時，時女士學校有一位和她挺要好的學姐從宿舍的七樓跳樓自殺了。事發時，只有她一個人在宿舍。沒人知道她為何跳樓，但唯一能肯定的是作為大學生，所有人其實都承受了太多關於前途和家庭的壓力。

時女士為此，稍微調查了一下要好學姐自殺的前因後果。直到知道那位學姐曾經有一位戀人時，大膽的她完全不知大腦的哪根筋不對了，跑去責問那個男生是不是導致逼學姐自殺的罪魁禍首。

那個男生叫阿誠，沒想到，他，最後成為了時女士的丈夫。大學畢業後兩人就結了婚，回頭想想，從結婚到現在，也整整過了十四個年頭。

「我知道姐夫，他一個人養家。要養妳，還有姐姐妳嫁人時帶去的我這個拖油瓶。姐夫一直都很辛苦。」提到時女士的丈夫，時悅穎也有些黯然。姐夫對自己很不錯。

「七年前，我懷孕了。我和妳姐夫都很興奮，因為我身體不好，要懷小寶寶完全是在玩命。但我堅持要生下來，哪怕沒命都可以。因為她，是我和誠哥生命的延續。」時女士坐在椅子上，聲音輕輕的。

但是從語氣中，我隱隱感到，似乎故事就快要出現波瀾了。

「悅穎，妳知道我順利的生下了妞妞，然後誠哥就失蹤了。其實其中的緣由，真的一言難盡。唉！」時女士搖了搖頭：「懷孕前期還好，都挺順利的，我和妳姐夫一直興奮的等待著寶寶降生。但是當妞妞在肚子裡六個月大時，問題出現了！」

「妞妞被判斷為，有可能患上了先天性皮膚缺損。」時女士痛苦的說。

「先天性皮膚缺損？」時悅穎一臉驚愕，她果然不知道這件事。甚至連這種病都沒聽說過。

我低聲解釋道：「先天性皮膚缺損又稱皮膚再生不良，是一種罕見疾病，它是指在一個或幾個區域內的表皮、真皮及皮下組織出現先天性缺陷。自一七六七年首次報導距今已有兩百多年，全世界共報導約五百例，我國數十例，有資料顯示該病的發病率為十萬分之一，死亡率達 17.8%。

「具體病因不明，可能與胎盤的血管栓塞、懷孕早期原發分化異常、鄰近的羊膜發育缺陷、關鍵時期子宮內感染、藥物及接觸有毒物質有關，同時還不排除遺傳因素的可能。這種病在懷胎期間很難診斷。」

「不錯，因為妞妞還在我肚子裡的原因，醫生也不能完全確定，便告訴我們，建議將妞妞人工流產拿掉。」時女士繼續道：「我的身體，我自己清楚得很。六個月如果人工流產引產的話，今後再懷上的可能性幾乎是零。因為我的子宮狀況一直都不好，被許多醫院診斷為不孕。能懷上妞妞，已經是阿誠祖上燒了幾百年好香了！」

「事實上，其實在懷孕前，我就一直感覺奇怪。自己本來是懷不上的，但是有一次阿誠從老家回來，神神秘秘的帶來了一樣東西，他放在臥室中，不准我看。只是淡淡的說是送子菩薩，不能見人，否則就不靈驗了。」

時女士捂住了腦袋：「那是一個大約三十多公分高，圓柱狀的東西。在臥室放了幾天後，我實在忍不住了，趁著妳姐夫離開家上班時，偷偷瞟了一眼。就那一眼，將我嚇了一大跳。」

「那個圓柱形的東西，哪裡是什麼送子菩薩。明明是一個透明的酒罈子，酒罈子裡裝著污穢不堪，黑褐色的水。而水裡邊隱隱漂著某樣東西。我輕輕搖晃了一下酒罈，沉浮在液體裡的東西就漂了過來，挨到了酒罈邊緣。但當我看清那是什麼東西時，險些將我嚇暈過去！」

時女士現在回憶起來，還驚魂未定：「你們猜那是什麼，那酒罈子裡，居然泡著一具只有幾公分高的嬰兒！」

「嬰，嬰兒！」時悅穎和我同時驚呼一聲。女孩甚至害怕的抱住了我，小腦袋直往我的懷裡鑽。

我雖然皺著眉頭沒有說話，但思維已經混亂了起來。嬰兒，酒罈子裡泡著的嬰兒。類似的東西時悅穎上次講的事情裡也有，妞妞在別墅區的地下洞穴找到了一個用酒罈子裝的嬰兒，還直愣愣的看個不停。

難道，這兩者之間有什麼關聯？

「不錯，是嬰兒，絕對是嬰兒！」時女士也在發抖：「我嚇得手一哆嗦，酒罈子掉到了地上，摔得粉碎。液體裡的嬰兒也摔在了地上，它彈了幾下，越彈越高，然後極為突然的跳進了我張大的嘴巴中。」

「不知泡了多久的嬰兒屍體一鑽進嘴巴裡，就使勁的朝我的喉嚨口爬去。我明明沒有用力，但是它一直朝裡鑽。可怕得很。我害怕極了！口腔中全是福馬林的味道，舌頭上是接觸著嬰兒屍體表面冰冷刺骨的滑溜溜觸感，噁心得要命。」

時女士摸著紅潤的嘴唇，臉色煞白：「我好不容易才反應過來，伸手準備將嬰兒屍體給拉住，可是就在那一瞬間，手還沒接觸到屍體的腿，嬰兒屍體已經通過了我的食道，被我吃掉了！」

「姐姐，妳吃過泡在福馬林中的嬰兒屍體？嘔！」時悅穎捂住了嘴，光聽描述她都想吐。

「這件事我不敢告訴妳姐夫，妳姐夫也沒有提，就連酒罐子不見了也沒在意，彷彿那個東西不存在般。」時女士輕輕搖頭，一臉困惑：「但神奇的是，我在兩個禮拜過後，我發現自己懷孕了！」

「懷孕了！」我的眼神頓時變得鋒利無比。而時悅穎，已經聽到完全呆住了。

怎麼回事？患有不孕症的時女士，因為吃了泡在福馬林中的嬰兒而懷孕。而那個酒罐子是她的丈夫誠哥帶回來的。越想就越覺得奇怪，她的丈夫真的不在意酒罐子去哪裡了嗎？她的丈夫是否也清楚酒罐子裡泡著的，就是一具嬰兒屍體。不，準確的說那個嬰兒，應該是一個嬰胎！

還是說，誠哥其實清楚得很。他完全知道這件事，而且是親手策劃的。他或許也是想要孩子想得發瘋了，這才找到這個偏方吧。

我用手敲著腦袋如此猜測著，但總感覺這件事中，哪裡透著些不對勁。怪了，到底是哪裡呢？到底有什麼地方，被自己遺漏了？

第七章　嬰胎

有人說，手提包和紅白塑膠袋離地的高度或許相同，但一個提起的是品味，另一個提起的卻是生活。制服容易統一，動作也容易統一，要是神色也統一了，那內心的事情就不那麼簡單了。城市中的體力勞動者在倒數計時中消耗著身體來撐起生活，一點一點的耗盡生命。

小桂曾經的生活也是用體力勞動撐起來的。而現在，她內心的煎熬，同樣在耗盡自己的生命。時女士的閨蜜小桂，三十六歲，已經準備懷孕接近八年，想要寶寶已經想得快要瘋掉了。

小桂，原名叫張筱桂。

每個人的人生都是一條直線，一條只能向著前方走，再也無法回頭的直線。如果能夠重新選擇的話，張筱桂恐怕會毫不猶豫的回到十年前。

如果有平行世界的話，張筱桂也會用盡一切辦法讓十年前的那個分支，走向另一個方向。因為三十六歲的她，至今沒能懷上孩子。

人生對人而言，總是一場不順人心的戲。對窮人是，對富人也是。張筱桂有個很好的丈夫。他們倆結婚十年，丈夫對她百依百順。丈夫的事業也蒸蒸日上。自己的丈夫更沒有像閨蜜時女士的老公一樣突然在某一天就失蹤了。

一切，似乎都盡如人意，很美滿。可獨獨沒有孩子這件事，張筱桂一直耿耿於懷。她的身體從以前就不太好，十年前曾偶然懷過一個孩子。但當時夫妻倆實在太窮了，甚至已經兩個月沒錢買米，還得厚著臉皮找親戚借。

所以他們決定將已經懷了五個月的胎兒流產。

至今，每每回憶起那時的選擇，張筱桂都痛苦得想掉眼淚。由於沒錢，他倆找了個無牌診所。這所謂的診所是一棟二層小樓頂上搭建的鐵皮屋，只有十幾平方公尺。骯髒的環境，昏暗的燈光。外邊下著雨，雨點劈哩啪啦的打在鐵皮屋頂，發出震耳欲聾的聲音。

那個沒有醫師執照的醫生大約五十多歲，據說是某間醫院退休的護士，人工流產的技術還不錯。她只是簡單的摸了摸張筱桂的肚子，就冷冰冰的吩咐她換好衣服到診所後頭的手術間。

夫妻倆一直處於沉默中。老公用顫抖的手點燃一根劣質菸，抽了兩口後，遞給她。張筱桂接過去放進嘴中，一直含著，愣愣的看著菸頭暗淡的火光以及幽幽上升的煙氣。

愣了許久，才抽了一口。

煙圈從嘴裡吐出來，張筱桂不由得看了一眼已經隆起的肚子，又流下了眼淚。

「要不，我們別墮胎了。生下來！」老公看她難受，憋出了這句話。

張筱桂瞪了他一眼：「生下來？拿什麼養？我們連下個月租房子吃飯的錢都沒有

了！」

「總，總會有辦法的。」老公結結巴巴的將菸從她嘴裡奪過去，悶悶的抽了幾口。看著他那張苦巴巴的臉隨著菸的亮度一明一亮，張筱桂更是氣不打一處來。

「有什麼辦法？生下來，不過也是跟著我們受苦罷了。我寧可他在生命還沒開始前，就被扔進下水道，也不願他跟我們一起過苦日子。」張筱桂搖了搖頭。

丈夫沒再說話，只是苦澀的笑著。

張筱桂也沒再開口，她一咬牙，徑直走進了手術室。那所謂的手術室，不過是一張髒兮兮的床，床單已被洗到看不出原本的顏色，全是血跡。

她按照醫生的話躺下，雙手雙腳都被捆綁在手術檯上。她驚慌失措的看著鐵皮屋的屋頂，聽著屋外陣陣雷聲響過。只覺得冰冷的手術器械接觸到自己的下半身，然後便是撕心裂肺的痛，痛到快要昏厥過去。

那種疼痛，張筱桂至今都無法忘記。更無法忘記的是，手術托盤上已經被剪得支離破碎，手腳分離的自己未出世的寶寶的身體。

不知是不是報應，十年了，她和丈夫的生活逐漸改善，賺的錢也越來越多。但是自己卻再也無法懷孕。

或許真的是報應吧。

人的年齡增加會伴隨著不同時期的激素分泌，二十八歲過後，生活越來越穩定了。

突然有一天，她發現自己的丈夫一看到別人家的小孩就一臉羨慕，眼睛都不願意眨一下。帶親戚家的小孩也是耐心得很。

她想，或許是時候要個小孩了。自己現在已經有能力養育下一代，給他一個幸福快樂的生活。

老公很木訥，從來不在自己面前說自己不喜歡聽的話。就算是心裡想得要命，也悶在心中，怕自己不高興。

當張筱桂將她想要孩子的想法說出來時，老公簡直樂瘋了，不善表達的他抱著她連轉了好幾圈。就連晚上睡覺，都笑醒了許多次。不知是不是夢到了小寶寶。

可是現實，卻給了這對夫妻當頭一擊。第二天她去醫院做產前檢查，卻被查出不孕症。從此之後的幾年，幾乎就是折磨。她沒有再上班，心甘情願的在家裡休養身體準備生小孩。

從北京到上海、從紐約到倫敦、從國內外知名名醫到江湖術士。好幾年時間，兩夫妻都找遍了。最後張筱桂才明白，自己的不孕症有多嚴重！

不過還好，現代的科學已經先進到令人敬畏的程度。

張筱桂接受了人工受孕手術。她的卵子和丈夫的精子在人工選擇後受精，然後在醫院裡培養成胚胎，最後送入張筱桂的子宮。

醫生說她子宮中的寶寶很脆弱，她不能做任何劇烈運動。

不運動就不運動吧。張筱桂覺得只要能將兩人的結晶生下來，一切都無所謂。她從醫院回家後就再也沒有下過床。吃飯，家裡的傭人會推到她的床上。洗澡，傭人會用濕毛巾幫她擦身體。就連大小便，張筱桂也穿著紙尿褲，害怕上廁所時動了胎氣。

每隔一天，她甚至還會在肛門裡注射穿山甲溶液，據說這個偏方能夠有效的保胎。

丈夫每天下班，總是迫不及待的衝回家，看著她一天一天隆起的肚子嘿嘿傻笑。這傻瓜不敢摸，就用眼睛看，一坐就是幾個小時，也不覺得累，一直看到她睡著。每次見丈夫看著自己肚子的慈愛表情，張筱桂就感到很幸福。

每個女人的選擇都不同，相對於女強人，她的願望一直都很簡單。有個好老公，有個殷實的家，有一兩個孩子。

但是觸手能及的幸福，或許對有些人來說，僅僅只是奢望。

懷了三個多月的孩子，在一天早晨徹底給了張筱桂絕望的一擊。那天她感覺下身濕濕的，頓時有了不妙的預感。果然一摸，只摸到了一手掌的血。

她，流產了。

從此後，人工受孕這條路，也徹底斷絕。

丈夫安慰她，等到三十六歲，如果還生不出來的話，就領養一個。還說妳不是喜歡女兒嗎？就領養一個女兒好了！

有如此貼心的丈夫，張筱桂還能說什麼。她什麼都不能說，只覺得愧疚，愧疚無法為如此愛自己的丈夫生一個屬於自己的寶寶。

她恨，恨十年前的自己為什麼沒有堅持。直到如今，她才明白，錢並不重要。最重要的是能不能有一個屬於自己的孩子，那是兩人生命的延續。

今年，張筱桂三十六歲了。北京的檢查報告也出來了，自己的子宮果然是癥結。她死心了，和丈夫討論了將近半個月，終於決定領養一個。

但是，人生總有無數個令人想飆髒話的但是。接觸了兒童領養圈，張筱桂才知道想要領養一個健康寶寶，比自己生一個還難。

父母丟棄的寶寶，通常都是有殘疾的。而健康的，又是剛生下來的寶寶，許多不孕多年的家庭都想收養。因為這樣的孩子沒有記憶。所以每一個，通常都有幾十個家庭爭搶，甚至為了得到收養權，無所不用其極。黑市買賣、塞紅包送禮、只要能夠成功收養，就算是再下三濫的手段都有人做得出來。

簡直讓兇猛廝殺的職場都變得小巫見大巫了。

張筱桂夫妻倆經濟條件還算優渥，但是為人耿直，不屑用手段。結果自然顯而易見，接連三輪收養篩選，他倆都落選了！

這次，是第四次。

起床後，看著窗外清新的空氣和明媚的陽光，心情舒爽了許多。昨天陪閨蜜時女士逛街，妞妞詭異失蹤的事情，令她有些心煩意亂。但相對而言，她更擔心自己今天能不能成功收養那個女嬰。

「喂，老公。你說現在毒米，毒油，毒水果，毒蔬菜，毒空氣，毒零食，生得出寶寶的人只會越來越少。每個領養家庭如狼似虎，你說，我們能領養成功嗎？」張筱桂合攏窗簾，幽幽說了一句。自己是流產過，遭報應。但是連領養的資格也不給，這老天爺對她也殘忍得太說不過去了。

「我，我不知道。」她的老公戴著厚邊框眼鏡，西裝革履，表情緊張。這傢伙為了給育幼院的院長一個好印象，不太修邊幅的他很早就起來打扮了。

「你啊，再怎麼打扮有什麼用。交給我好了，老娘可不是吃素的。」張筱桂挽著老公的手，她的包包裡放著一個厚厚的紅包，準備看時機塞給院長。既然所有人都要手段，自己幹嘛還堅持原則？耍手段誰不會，她張某某可不是省油的燈。

「總要好一些吧，別人能看得出我倆的誠意。」丈夫說。

「看個屁誠意，所謂的誠意，是看你會不會做人。」張筱桂吐槽道。自己的丈夫很木訥，做生意也是靠勤奮。能做到現在的程度，不知道是哪個祖宗燒了好香。她在心裡添了一句，誠意，估計是院長摸著的紅包厚度吧。

世風日下，法律再嚴苛，也殺不完不忌葷腥的蒼蠅。

兩人驅車前往育幼院時，各想各的心事。張筱桂其實明白得很，雖然丈夫嘴裡什麼都沒說，但同樣想小孩都快想瘋了。

這次送入育幼院的寶寶是女嬰，據說出生才六天多，就被狠心的父母扔在一家小旅館中。旅館老闆打掃時發現床下有嬰兒哭聲，立刻報了警。

警方隨即將女嬰送入醫院治療。雖然有新生兒黃疸和新生兒肺炎，但大致上是個健康寶寶，而且這些都是小病，不影響健康。光是看育幼院的照片，張筱桂和丈夫就立刻喜歡上她。

「剛出生的小孩，好醜。」張筱桂指著照片，樂呵呵的說：「我覺得她跟我有眼緣，就她了，怎麼樣？」

丈夫笑道：「八字都還沒一撇呢，高興個什麼勁兒！不過，她的鼻子和妳挺像的，長大後一定是大美女。」

「當然，不然怎麼說和這孩子有眼緣呢！」張筱桂拿起電話就跟育幼院聯絡。院方確認後，通知他們今天去育幼院參加篩選和領養資格審查。這令張筱桂對領養法令又是一陣吐槽，自己都參加三次篩選了，院方哪裡還不清楚他們的情況。這育幼院的官僚作風也越來越嚴重了！

到了育幼院後，照例填表，看一眼房間裡的寶寶。張筱桂夫妻倆雙眼發光，特別是她，手緊緊的扒在窗戶玻璃上，用力到恨不得將玻璃打碎，把寶寶抱在懷中。

院長將兩人請到辦公室，倒了兩杯水，一邊看他們的資料，一邊打趣道：「你們倆也算是熟人了，哈哈，這次的寶寶特別不錯。因為五官好，身體也很健康。數百個家庭都有收養意願，你們也知道國家的收養條件很嚴苛，我看啊……」

說到這，院長的手機響了起來。他抱歉的點點頭，走出了辦公室接電話。

張筱桂和老公對視了一眼，心沉到了谷底。

「他那番話的意思，是我們沒希望了？」就算木訥的丈夫也聽出了話中的意思。

張筱桂一咬牙：「就算是沒希望，老娘也要把它弄成有希望。你坐在這裡等我，我去解決！」

「妳想幹嘛？」丈夫嚇了一跳：「偷寶寶是犯法的，而且也沒辦法報戶口。」

「你用哪隻眼睛看到我準備偷寶寶了。」張筱桂沒好氣的瞪了丈夫一眼。沒想到自己木訥的老公居然想那麼遠，大概也是想寶寶想到午夜夢迴，恨不得偷一個回來養了：

「總之你坐在這裡別動，等我一下。」

說完張筱桂就走了出去。

院長在走廊上不停打電話，空蕩蕩的走廊，一個人也沒有。張筱桂抓準機會，偷偷的走了過去，悄聲說：「院長，你看領養的事情……」

「當然是按規矩辦！」院長客氣的說，滴水不漏。

張筱桂的眼珠子轉了幾圈，又往前走了兩步，隱晦的從包裡掏出厚厚的紅包，塞進院長的衣服口袋裡，笑道：「我們家的條件很好，院長你就多幫幫忙，擔待擔待。」

院長一愣，手摸了紅包一下，臉色頓時沉了下來：「張女士，妳這是在幹什麼。做這種事，妳根本就是在侮辱我！」

他將紅包抽出來，硬塞了回去，語重心長的說：「本來我還想說，你們家這次挺有希望的。但是妳居然賄賂我，這次我就不報警了。希望張女士妳自重，今後我們育幼院，也不再接受妳的收養申請！」

院長抽身離開了，只留下傻在原地的張筱桂。

夫妻倆被趕出育幼院時，張筱桂不由得罵罵咧咧起來。她毫無淑女形象的朝育幼院的大門吐了口唾沫，隨即垂頭喪氣的從老公衣服裡抽出一根菸狠狠吸了幾口。

快八年了，自從準備懷孕開始，她就再也沒有抽過菸。菸草的味道衝入喉嚨進入肺部，刺激得她咳嗽起來。

老公默不作聲，但是失望的表情全都寫在了臉上。

張筱桂恨恨的道：「那個院長肯定有問題，我查過，他可不是清廉的傢伙。不知道在寶寶領養上發了多少財。」

老公看了她一眼，不聲不響的抽著菸。他們倆坐在車上，沒多久，就看到一對夫妻歡天喜地的提著嬰兒提籃，將一個寶寶放到了車上。

那個寶寶，顯然是自己相中的那個女嬰。

眼尖的張筱桂頓時破口大罵，臉色氣得通紅：「你看那對混蛋，我認識。他們有親戚是江陵市要員。難怪那院長一臉嚴肅正氣的模樣，結果寶寶領養權早就被內定了。該死！這混蛋原來是搶著去舔要員的屁股。」

「算了，少說一句吧。」寡言的老公嘆了口氣：「我們現在的名聲糟透了，恐怕也沒有育幼院會接受我們的領養申請了。回家吧！」

說完，老公發動了引擎。

就在這時，張筱桂倔強起來，她拉開車門走了下去：「不想回家，我自己到街上走走。你去忙吧！」便頭也不回的朝人行道跑去。

老公看著她遠去的背影，突然趴在方向盤上，肩膀一抽一抽的，心情沮喪到了極點。

張筱桂也同樣不好受，她一邊走，感受著寒風吹過，眼淚頓時落了下來。老天爺，自己只是想要一個孩子而已。

難道這也有錯嗎？自己上輩子究竟是哪個十惡不赦的壞蛋，諸天神佛要如此折磨自己？折磨他們夫妻倆？

天哪，自己究竟做錯了什麼！

張筱桂猶如鬥敗的公雞，喪家犬般耷拉著腦袋，完全沒有目的地的往前走，一直往前走。不知走了多久，天色漸漸暗了下來。不知不覺間，她居然走到了一條小巷子的死角。

夕陽將她的影子剝離，投影到了對面的牆壁上。她的身影，張牙舞爪得恍如厲鬼。夕陽把晚霞染紅，也將她陰森的影子染得像是蒙上了一層血。

突然，張筱桂的耳邊，傳來了一陣啼哭聲。

一個健康嬰兒聲嘶力竭的啼哭聲……

她彷彿整個人都被雷擊中般，頓時打了個哆嗦。張筱桂麻木的眼神在四周轉了轉，空無一人的巷子，西下的斜陽，巷子盡頭的下水道被堵塞了，大量飄著屎尿臭味的污水倒灌了出來。

就在離污水不遠處，堆積著一大堆木板。嬰兒的啼哭聲，就來自木板之下。

張筱桂終於反應過來，她尖叫一聲，拚命的將木板移開。當木板移除後，露出了一個白嫩的嬰兒。是女嬰。

女嬰赤裸著身體，就那麼躺在惡臭渾濁的污水裡，散發著無邊的臭味。

求子心切的張筱桂完全不覺得骯髒，她立刻脫下剛買不久的香奈兒外套，將女嬰從污水中抱起來。觀察了一下。挺漂亮的嬰兒，生下來大約才五、六天。皺巴巴的臉和皮膚以及嘹亮的啼哭，宣誓著寶寶的健康。

「女兒，這就是我的女兒！」張筱桂緊緊將女嬰摟在懷中，使勁的用臉磨蹭著。是啊，這樣就好了。這樣多好。再不用因為喪失領養權而驚慌失措了，自己，也有女兒了！

落日餘暉投射出最後一抹暈紅的光，將這個嚎啕大哭的女人照亮。她映在對面牆上的影子，扭曲得活像是一條沒有四肢的蛇。

沒人看到，甚至就連張筱桂自己也沒注意到，她的影子緊緊抱著的，哪是一個嬰兒。

那分明是個圓柱形的物體。

物體中充滿了黑褐色的液體，一個小小嬰兒模樣的東西沉浮在液體中。

不知何時，罐子中的嬰兒猛地睜開了眼睛，它露出了猙獰的表情，眼中猩紅的光看向了張筱桂的嘴巴……

第八章 恐怖的推測

同樣都是放了一個月的水果，柳丁才開始皺皮而已，蘋果卻已經腐爛了，所以說臉皮厚對於生命的意義非常重大。

很多人都說我臉皮很厚，但我從來沒這麼認為過。忽然想起了初二的時候，我的物理老師說過的一句話：我一直以為自己很年輕，直到有一天，學校召集年輕老師開會，驚訝的發現名單上沒有我，這時才幡然醒悟，原來我已不再年輕。

年紀，對於現在的我而言，恐怕是最頭痛的事。因為就連自己的年齡，自己也忘記了。但是腦袋裡經常冒出許多稀奇古怪的東西。例如似乎經常有誰說我臉皮厚，那似乎是一個女人，一個老不死的女人。但是她的容貌，我卻記不清楚。

那個女人，似乎喜歡亂教導一個總是沉著臉，沒有表情的絕麗女孩一些稀奇古怪的常識。但那絕麗的女孩究竟是誰，甚至她的樣貌都是模糊的。但一想到她，不知為何，我就會從心底深處冒出一股擔心。那種擔心深入骨髓，讓我焦躁不安。

說到哪了，對了，年紀！或許，我同樣也不年輕了。時悅穎說她遇到我時，我十八、九歲左右。之後我失蹤了三年，那麼現在我應該二十一左右。是在校大學生，還是社會人士？又或者介於兩者之間？

這通通都是自己需要搞清楚的問題。

還有那個經常在我腦中浮現的冰冷的倩影，她，究竟是誰？為什麼自己老感覺她會有危險？

心底深處，總是有個聲音告訴我。只要找到那個女孩，現在的僵局，就會被打破。自己的記憶，也會被取回。

難道這是一種失憶後的後遺症？屬於幻覺的一種？我現在無法判斷，只能存疑，將問題扔到腦後。

時女士仍舊坐在椅子上，一口接著一口的抽菸。她講到自己吞了嬰兒後，居然懷孕了。這怪異的狀況令她有些措手不及，但疑慮很快就被懷上寶寶的喜悅感沖淡了，再過幾天後，直接丟到了九霄雲外。

時女士一直安心養胎，想要平安將妞妞生下來。直到六個月時，妞妞被醫生判斷，有可能患有先天性皮膚缺損症！

皮膚是人體表面包在肌肉外部的組織，有保護身體、調節體溫、排泄廢物等作用，如果沒有皮膚，健康隨時可能面臨威脅。而嬰兒所患先天性皮膚缺損又稱「皮膚再生不良」，是種罕見的疾病，它是指在一個或幾個區域內的表皮、真皮及皮下組織出現先天性缺陷。

由於還在娘胎中，而時女士害怕墮胎後再也無法懷孕，驚慌失措的詢問了老公的意見。丈夫抽了一口悶菸後，一咬牙吐出了七個字：「生下來，我想辦法。」

這七個字，莫名其妙的，令時女士完全平靜下來。他們夫妻倆不顧醫生的警告，在三個月後順利的生下女兒，那就是妞妞。然而，女兒降生的喜悅卻沒有令夫妻倆興奮，兩人甚至苦著臉，看著護士抱來的女兒倒吸了口冷氣。

女兒的模樣很可怕，她全身有近10％的皮膚缺損，甚至肌肉及血管脈絡都能清晰看到。最嚴重的部位是右下肢膝關節、小腿、足部，急需隔離治療。

接生女兒的醫生和護士雖然早就有了心理準備，但還是被妞妞那副可怕的淒慘模樣嚇了一大跳。

許多地方沒有皮膚還不是最可怕的。最恐怖的是妞妞的皮膚像紙糊的，動不動就流血。她一出生，就渾身通紅，皮膚完全無法接觸，一摸就破。夫妻倆只看了女兒一眼，就被醫生送入加護病房隔離治療。

妞妞果然患的是先天性皮膚缺損症。

看到女兒那麼痛苦，小嘴巴不停地艱難呼吸，似乎全身都痛得厲害。剛生產完的時女士，立刻就哭了，淚珠雨點般不停往下流！

「老公，妞妞，妞妞怎麼這樣。她看起來好痛，我真希望病在我身上，我代替她。」

時女士擦著淚水，用力抱住了丈夫的臂膀。

丈夫看著護士將女兒抱走，消失在門口後，也沒有收回視線。過了大約十多分鐘，他才猛地站起來：「我去加護病房看看女兒，妳等我一下。」

時女士點點頭，丈夫剛走，她就想念起才出生兩個多小時的女兒，想得要命。她掙扎著從床上爬起來，找護士問了加護病房的位置後，緩緩走了過去。在厚厚的玻璃門前，她看到了自己的丈夫。丈夫兩隻手扒著玻璃，額頭也貼在玻璃上，看寶寶看得出神。時女士上前幾步，看到丈夫的肩膀一抽一抽的。

他，是在哭嗎？

順著丈夫的視線，她的目光也落在一個保溫箱上。剛出生的妞妞就躺在裡邊，皮膚破爛不堪，身體紅得猶如沾滿了鮮血。

猛然間，時女士向後退了兩步。她恍惚看到躺在玻璃罩裡的妞妞，變成了別的模樣。那破布似的皮膚，那紅通通的軀體。那睡著了都還緊閉著的眼睛，皺著小眉頭的模樣，活生生的如同懷孕前吞下去的泡在福馬林中的嬰胎！

這是怎麼回事！

時女士嚇了一跳，她的心臟不停的狂跳，全身的力氣都喪失了。她一邊恐懼，一邊矛盾的不停自責。明明女兒已經如此可憐了，她還胡思亂想。

可剛才看到的，真的只是錯覺？

丈夫感覺到時女士的到來，輕輕抬起頭，露出勉強的笑：「早就叫妳在床上躺著休息，不要起來。妳才剛生產完！」

「沒事，我不痛。」時女士輕聲道，還有一句話沒說出口。生產哪怕再痛，也不及看到妞妞那副痛苦模樣的百分之一。

心痛，果然是世間上最痛的感覺。

「我要出去一趟，出遠門。」丈夫出神的看著妞妞，又看了一眼妻子：「有可能會很久才回來！」

「多久？」時女士不解道：「妞妞都這樣了，你還要走？」

「我就是去想辦法幫妞妞！」丈夫的語氣很沉重，沉重到就像每吐出一個字，都在消耗生命。

「能有什麼辦法，醫生都說如果找不到有效的治療方法，妞妞根本活不過十天。」時女士喃喃道：「或許這是我倆的命，我們本不該要這個孩子的。」

「都說了，我會想辦法。」丈夫吼了一聲，頭也不回的離開了。

從此之後，他再也沒有出現在時女士和妞妞兩人的生命中。算算時間，再過兩個月，自己的丈夫就會在法律上被判定為死亡！

時女士講到這裡，語氣頓了頓：「你們完全不知道，神奇的事情發生在妞妞出生的第九天。當晚妞妞已經呼吸困難得快要斷氣了，醫生也發了病危通知書。可是她卻在零點時，突然呼吸平穩下來。接著缺損的皮膚也重新長了起來，最後甚至看不出一絲一毫破損和先天不良的痕跡，完全變成了正常寶寶。就連醫生都覺得是奇蹟。」

「可是我總覺得，妞妞的好轉，或許是和她爸爸的失蹤有關。」

時女士掐熄了菸，幽幽道：「但是妞妞的爸爸，到底去了哪裡，甚至是否還活著，我始終沒有線索。最後查了他的信用卡使用紀錄，顯示阿誠失蹤前，住過一家酒店。」

時女士用手指彈了彈那張詭異的照片：「而酒店的地址，正是案骸古鎮！」

「可是我雇去找他的私家偵探，要嘛一無所獲，要嘛，就徹底人間蒸發了。」時女士臉上閃過一絲不知所措：「我真的不知道怎麼辦，只能一邊打理阿誠的公司，一邊養育妞妞，耐心的等他回來。剛開始的那幾年我過得很苦，幸好有妞妞陪我，有悅穎幫我。不然我真不知道自己能不能撐下去。我一直都期望著，他有一天真的會回來，摸摸妞妞的小腦袋瓜，抱著我親我的臉。但越是等待，希望，或許就越渺茫……」

聽完時女士這段不為人知的過去，我倆許久都沒有說話。時悅穎淚流滿面：「姐姐，妳從來沒有跟我說過這段故事。我還以為姐夫是出了意外才失蹤的。」

「說出來又有誰信呢！」時女士幽幽道：「如果不是妞妞出了意外，只怕我一輩子都會藏在心裡。否則，妞妞聽到了一定會害怕。甚至，會跑去找爸爸。妞妞那孩子倔強得很，我怕她落得和人間蒸發的私家偵探同樣下場。」

時悅穎愣了愣，將心比心，她覺得如果自己處於姐姐的位置，或許也會做出同樣的決定。丈夫已經失去了，但至少還有孩子。時家女人一旦愛上，就絕不會他嫁。哪怕孤獨一輩子，但將兩人的血脈養大成人，終究算是圓滿了兩人間的愛情。

我一直在整理腦袋裡的線索，從時女士的講述中，得到了許多有用的訊息。我環顧四周幾眼，這棟偌大的別墅給人一種空蕩蕩的壓迫感。花園裡的植物隨風搖晃，安靜的午夜，也飄動著若有若無的陰森感。

彷彿別墅裡隱藏著某種肉眼看不到的東西，並不僅僅只有我、時悅穎和時女士三人。

突然像是想到了什麼，我猛地問：「妳們說妞妞遇到怪事，是從兩個禮拜前的某一天。她和時女士爭吵後開始的？」

「對啊。」時悅穎疑惑的回答：「難道哪裡有問題？」

「問題大了。」我摸著下巴，心底深處一個答案緩緩浮現：「根據妳們的講述，妞妞應該是個膽大心細，很體貼的小孩。六歲了，肯定不止一次會遇到關於爸爸的問題，但她乖巧的從來不會多問。可是那天晚上，為什麼她會因為這件事和自己的母親爭吵？這不符合妞妞的性格。因為她明明知道，問爸爸的事情，會令媽媽難受。」

答案越來越近了，似乎已經跳躍到了嘴邊：「這樣就出現了一個重要的問題，她真的是因為學校裡的孩子都有爸爸，而她卻沒有，所以才問自己母親的嗎？還是說，她是故意的！」

「故意，故意什麼？」時女士一愣，急促的問道。

「故意和妳爭吵！」我斬釘截鐵的說：「爭吵，在情緒分類中，其實是發洩的一種。但在古往今來的謀略中，卻是一種激將法。妞妞很聰明，她也非常瞭解自己的母親。所以她選擇用爭吵來激妳說出某些東西！在她的話裡，她用上了裝可憐，裝心酸，反差法，讓妳頭腦混亂，理智崩潰。再也無法保持平常心，從而說出許多亂七八糟的東西。

「人的腦袋很神奇，越是沒有理智胡言亂語，卻越是夾雜真話。妞妞一邊和妳對罵，一邊分析妳話中真實有用的部分。悅穎，妳不是說當時妞妞跑出去了嗎？而且毫不猶豫的想要出社區，甚至走進了偶然發現的密道。這證明她早就有所準備了，而且離開的決心很強。很簡單，讓她下定決心的，肯定是大姨子無意間將真話說了出來。」

「我能說什麼真話，那孩子雖然聰明，但是也沒聰明到逆天的程度吧？」時女士不太相信。

「不要小看孩子的智慧，特別是單親家庭的孩子。他們懂事得很早，比同齡人老練成熟許多。」我輕聲說道，最終瀰漫著淡淡苦澀。怪了，為什麼在妞妞身上，我看到了自己的影子。難道我從前的家庭，自己的父母，和妞妞有某些相似重合的地方？

時悅穎顯然也同意我的觀點：「如果是妞妞的話，確實有可能。她的小心眼多得很，古靈精怪。但是小奇奇，妞妞為什麼要這麼做？明明姐夫的事情，姐姐從來就沒有告訴過她，甚至連我都不清楚。」

「或許一直以來，妞妞也不知道。但是因為某件事情，她突然得到了大姨夫的線索。」我沉吟片刻，突然道：「大姨子，最近妳有沒有覺得丈夫的東西被翻動過？」

我的話音剛落，時悅穎和時女士猛地渾身一抖，連忙從花園衝入客廳，直接朝二樓的一個房間走去。

推開房門我便看到了兩張供桌，左邊的一張沒有照片。而右邊的那張，赫然貼著我的照片。照片下摘錄這一首詩：

我知道永逝降臨，並不悲傷
松林中安放著我的願望
下邊有海，遠看像水池
一點點跟我的是下午的陽光
人時已盡，人世很長
我在中間應當休息
走過的人說樹枝低了
走過的人說樹枝在長

這是才華橫溢的詩人顧城寫給自己的詩。在不久之後，他便自殺了，還殺了自己的妻子。但是詩中的絕望感，令我感受到時悅穎一直以來的痛苦。她恨不得跟我一起離開人世，但是又捨不得。她抱著最後一絲希望，希望我還活著。會再次出現在自己面前。

我有些悲哀，三年前的自己，為什麼會離開她，會讓她認為自己已經死了呢？讓一個深愛自己的女孩痛苦絕望，如此殘忍的事情，自己怎麼做得出來！

明明還活著，但看著屬於自己的牌位，有一種時空錯亂了的錯覺。

時悅穎臉紅的將我的牌位倒扣在桌子上，傻笑了兩聲。我忍不住心疼的摸了摸她的小腦袋，用力抱著她柔軟的身軀。

女孩的身體一僵，然後便徹底放鬆下來。她的頭靠在我的肩膀上，不由得痛苦流淚，淚水如雨滴般滑落，似乎在宣洩著長久以來的難受。

三年了，三年的痛苦，終於等回了他。自己終究比姐姐命好，姐姐等的是一個虛無縹緲的承諾。而自己，絕望過後，至少苦盡甘來了！

他的懷抱和三年前一樣，很可靠，很暖！

我倆就這樣輕輕依偎著，不知過了多久，直到時女士尖叫了一聲。

「怎麼了？」時悅穎掙扎著從我的懷中抬起頭，極不情願的離開。

「不見了！果然有東西不見了！」時女士驚慌失措的嚷嚷著，顯然，她已經明白了。妞妞的事情，果然和失蹤的丈夫有關。

「是什麼不見了？」我低聲問。

「一個盒子，一個看起來很古老的盒子。」時女士想了想說：「那個盒子只有一根拇指長，正方形，看起來很古老。但是老公一直都帶在身上，從沒有取下來過。就算結婚後我好奇，他也不准我打開。但是阿誠失蹤時，並沒有帶走這個盒子。我收拾他的東西時，試著打開，才發現這個盒子根本就是一體成型，完全沒法打開。所以也沒在意。他的所有東西都在，唯獨盒子不見了！肯定是妞妞拿走了！」

「這樣線索就連起來了。」我看了一眼被弄得亂七八糟的地面，兀自道：「打不開的盒子，又是古老的東西。或許是一個家族的傳承，也可能裡面放了不能讓別人看到的東西。或許妞妞偶然間打開了，從裡面的東西中找到了讓她得知關於自己父親之事的物件。」

我的聲音停頓了一下，又道：「我甚至能大膽的猜測，正是裡面的東西，觸發了這一系列的怪事。不但讓妞妞去找父親的計畫硬生生的被打斷，還陷入了危險裡，最後被吸入壁畫中失蹤了！」

時女士和時悅穎臉色煞白，同時點了點頭。雖然我的結論有些匪夷所思，但是卻只剩下這一種可能性了。

「那我們怎麼辦？」時悅穎問。

「看來我們必須去一趟案骸古鎮！」我摸了摸下巴：「我這位大姨夫恐怕和案骸古鎮有著千絲萬縷的關聯。或許在那個古鎮，能找到妞妞，甚至他失蹤的線索。」

我看著房間的天花板，安置在屋頂的燈光很明亮。但是在光線弱小的陰暗處，仍舊散發著詭異。

彷彿無數隻眼睛，正在窺視著我的一切。

唉，事情越來越撲朔迷離。失憶前的自己究竟是怎樣的一個人，居然在遇到了這麼多離奇事件後，仍舊保持鎮定。甚至毫不奇怪！

難道我以前，也經常陷入險境裡？

唉，失憶，真是令人心煩的病！

第九章 酒罐中的嬰胎

人其實很脆弱，只需要一個極小的支撐點，就會被撼動。槓桿分成兩邊，一端會墜入地獄，而另一端，卻會升入天堂。

張筱桂的人生，因為撿到了夢寐以求的寶寶，覺得自己已經進入了天堂。她欣喜若狂的抱著嬰兒回家，將女嬰放在嬰兒房的床上，七手八腳的將衣服給嬰兒穿上。

嬰兒房是七年前她打算懷孕時就準備好的，就連寶寶的衣服也買了，沒想到七年之後才真的用上。不過，也不算晚。今年江陵市的冬天異常冷，裸體的女嬰不知道在髒水中浸泡了多久，但她身體狀況良好，不哭不鬧，也沒有生病發燒的跡象。

張筱桂用手撐著頭，笑得合不攏嘴。她越看寶寶越覺得喜歡，那小模樣，跟自己挺像的。再長大一些，肯定沒人相信她們倆不是親生母女。

「石頭家的女兒叫做妞妞。我的女兒怎麼樣都不能比她家的差，小名就叫甜甜好了。」人妻少婦掰著指頭盤算著：「甜甜，妳的大名，要等妳爸幫妳取。等妳爸回家後看到妳，說不定會興奮地跳起來呢！」

燈光下，被命名為甜甜的女嬰完全沒有表情，只是睜大眼睛，麻木不仁的看著天花板。她的眼神裡沒有任何感情色彩，冰冷刺骨，甚至帶著些兇厲。

但張筱桂明顯沒有察覺，她一直在床邊和甜甜說著話，不知過了多久。人妻少婦突然拍了拍自己的頭：「對了，甜甜妳餓了吧，媽媽給妳泡牛奶去！」

她站起身，從一起撿回來的嬰兒行李裡翻出了一罐奶粉，用溫水泡開，接著將奶嘴湊到甜甜嘴邊。

這傢伙早已被撿到孩子的喜悅沖昏了頭腦，都說女人是感情的動物，或許真是如此。一個赤身裸體的女嬰被丟棄，身旁居然有行李。也不想想為什麼丟棄她的父母不幫她穿戴整齊？可張筱桂就是不覺得奇怪。

她甚至覺得很合情合理。

甜甜含住奶嘴，緩緩的喝奶。張筱桂吸了吸鼻子，突然聞到了一股惡臭，猶如屍臭般的惡臭：「奇怪，哪裡冒出來的臭味？怪噁心的！」

她東張西望到處找了找，沒找到：「甜甜，是不是妳便便了？」

人妻少婦將女嬰屁股提起來，也沒有發現她拉便便的跡象。何況，人類的排泄物哪會散發出疑似屍臭的味道？

張筱桂見找不出臭味來源，也沒有再繼續找。因為她聽見大門外傳來一陣開門聲，丈夫總算回來了。

她連忙將寶寶放好，輕輕關上嬰兒房的門，然後蹦蹦跳跳的跑了過去。她儘量壓抑住臉上的興奮和狂喜。

她，準備給自己的丈夫一個驚喜。

「回來了？嘻嘻！」張筱桂接過丈夫脫下來的衣服，殷勤的掛在衣架上。

丈夫被她的舉動嚇了一大跳：「妳怎麼了？病了？不會是除了塞紅包給育幼院院長外，還犯了更可怕的錯？」

張筱桂心裡咬牙切齒，這混蛋沒想到還對早上的事情耿耿於懷，今天才看出來他這麼小氣。不過算了，誰叫老娘現在心情不錯呢。

「哪有，人家雖然偶爾會犯糊塗，但也不會成天做錯事。來來，給你看一樣好東西！」她用手蒙住丈夫的眼睛，輕輕的挪步到嬰兒房前。

被捂住眼什麼都看不到的丈夫愣了愣，不知道妻子究竟在搞什麼鬼。但就算蒙住眼睛，但是家裡的格局他清楚得很，自己明顯是往嬰兒房走。

那間嬰兒房，因為妻子無法受孕的緣故，害怕見物生悲，已經許多年沒有打開過了。她幹嘛帶自己去這個房間？張筱桂的丈夫聯想起妻子怪異的舉動，突然，有個可怕的念頭升了起來。

「筱桂，妳不會，偷，偷了一個寶寶回來吧？」丈夫結結巴巴的問：「那真的是犯法的！」

「怎麼可能，我再愚蠢，也不會做這種事。」張筱桂輕輕搖頭：「進去你就知道了！」

她用腳踢開門，推著丈夫來到嬰兒床前：「噹噹噹！你看！開心吧！」張筱桂放開遮在丈夫眼前的手，得意的將寶寶展示給他看。她等待著丈夫一臉驚喜，狂喜，欣喜若狂的表情。

丈夫確實有了表情，而且異常精采，但卻不是驚喜。他張大了嘴巴，眼睛裡全是驚恐。他退後了幾步，渾身顫抖不止，甚至伸出了發抖的手，指著嬰兒床問：「床上，究竟是什麼東西？」

「什麼東西？當然是寶寶啊！」張筱桂眨著眼睛，不解的問。嬰兒床上白白嫩嫩的女嬰轉過頭，用黑漆漆的眸子看著自己的丈夫，不是舞動著手和腳，可愛得很。

「什麼寶寶，筱桂，妳究竟怎麼了！」丈夫急得驚慌失措。完了，今天對她的打擊太大，她腦袋真的出問題了。

嬰兒床上躺著一具十多公分長，只初步長出人類形狀的胎兒屍體。屍體像是浸泡在某種黑褐色的液體中不知多長時間，渾身都濕漉漉的。就連挨著嬰胎的床單，都變得骯髒不堪。嬰胎的皮膚大多潰爛了，閉著的眼睛，眼皮和眼瞼下的皮膚融在了一起。最可怕的是，它的手腳大大張開，燈光下，手心腳掌上還反射著刺眼的金屬光澤。

那，是釘子！到底是什麼變態，才會在一具還未出世的嬰兒屍體上釘釘子？

嬰屍的一旁放著個奶瓶，瓶子裡裝著黑褐色的液體。就是這液體，散發著驚人的惡臭，彷彿屍臭般的臭味，令人噁心得要命。

嬰兒床腳下，還放著一個圓柱狀的酒罐子。透明酒罐子的封口已經被打開了，裡面裝著同樣反射著黑褐色光澤的液體。很顯然，那些液體和奶瓶中的是同一種東西。

自己的妻子，到底是從哪弄來這些怪異的玩意兒？還將它幻想成了自己的寶寶，看來她病得不輕。

「這可愛的小蘿莉可是我撿到的喔，不是偷來的，也不是搶來的。她被家人狠心扔在小巷中，渾身赤裸。擁有正能量又漂亮善良的我，只好將她抱回家了。」張筱桂不滿的道：「喂，死鬼，你怎麼沒有一點高興的模樣。我給她取了小名叫甜甜，大名你自己取。我知道你從前沒事做就在紙上亂畫，拚命想寶寶的名字。現在是你發揮的機會了！」

張筱桂囉囉嗦嗦了一大堆，見丈夫緊張恐懼的臉絲毫沒有好轉，不由得橫了他一眼：「討厭，你看你那張撲克臉，都把寶寶給嚇壞了。寶寶乖，來，媽媽抱抱。」

丈夫明顯沒有從震驚中緩過勁來，他眼睜睜的看著妻子抱起了嬰兒屍體，將它憐愛的抱在懷裡，還用另一隻手摸來摸去的。

「寶寶別哭，是不是餓了？媽媽喂妳喔！」張筱桂拿起床上的奶瓶，將奶嘴先塞入自己嘴裡試了試溫度：「有些涼，怪了，奶粉的味道還真奇怪，難道是進口的？」

「幹什麼，妳瘋了！」丈夫連忙將奶瓶從她手裡搶下來。他清晰的看到，自己的妻子將奶瓶中黑褐色的可疑液體喝了一大口，隨著她的吸允，噁心的屎臭味濃烈到猶如實體般瀰漫開來，他幾乎快要吐出來了！

「你才瘋了。老公，你到底想不想要寶寶。看你這模樣，似乎完全不想要啊。以前你挺愛寶寶的，怎麼今天我抱了個寶寶回來，你就變了？」張筱桂疑惑道：「難道你喜歡親生的？」

「我，我……」她的老公完全不知道該說些什麼，妻子明顯腦袋出了問題，他為人又很木訥。算了，還是先打電話問問專業人士吧。

「妳把嬰兒房清理一下，漱個口，我去打個電話！」丈夫看著張筱桂說話時，黑褐色的液體伴隨著惡臭不停地從嘴角流出來，實在忍不住了，逃也似的跑了出去。

他掏出電話，打給了一個精神病專家的朋友。

嬰兒房中，張筱桂抱著寶寶，有些不知所措。怪了，自己的丈夫今天究竟是怎麼了。以前竟沒發現，他是個這麼沒愛心的人。明明如此可愛的一個小蘿莉，他卻滿臉厭惡。不對，他肯定在策劃著什麼，難道是報警讓警方將寶寶搶走？

張筱桂越想越覺得有可能，她死命抱著懷中的嬰兒，彷彿抱著自己殘餘的生命。自己生不出來，失去了領養資格。現在自己抱著的嬰兒，就是僅存的唯一希望了。

誰都不能將她奪走！誰都不能！

哪怕是自己的丈夫！

她躡手躡腳的走出去，丈夫已經講完電話了，滿臉嚴肅。他侷促不安的坐在沙發上，心裡只剩下苦澀。這是怎麼回事，明明生活越來越好了，妻子卻變成了這副模樣。生不生孩子，不重要。能不能領養成功，也不重要。和自己一輩子到老的，始終是夫妻兩人而已。頂客族，其實也不錯。

據專家判斷，妻子似乎有嚴重的幻想症，必須送入精神病院治療。

唉，這是怎麼回事！

「筱桂，明天妳跟我去一個地方。」丈夫艱難的做了決定。

「去哪裡？」張筱桂眨著眼睛問。

「去江陵市外的公園踏青吧，我們倆散散心，帶著妳的，呃，寶寶。」專家說，精神病患抗拒精神病院，不能說實話。而且，重度幻想症患者，需要哄，需要接受他們幻想出來的世界。所以丈夫蹩腳的撒了個謊。

「好吧。好久沒兩個人一起出去了。」張筱桂點點頭，她看了一眼丈夫轉身準備走入臥室的背影，又看了一眼懷裡的寶寶。

她的嘴角，閃過一絲冷冽的笑，一如她懷裡寶寶陰冷的笑容。

正往前走的丈夫突然感覺背上一冷，似乎有什麼東西從背後刺入。

他詫異的轉過頭，竟然，竟然看到一直深愛自己的妻子，手裡拿著一把細長的剪刀。那把剪刀已經深深的刺入了他的身體中。

「妳……」丈夫艱難的吐出這個字後，再也沒有力氣說話。生命不停流逝，他緩緩跌倒在了地上。

「你在撒謊。你騙我，我不喜歡別人騙我。」張筱桂喃喃道，她放開手中的剪刀，看也沒看逐漸死去的丈夫，眼神只柔軟的落在懷中的嬰胎屍體上：「甜甜，妳也不喜歡騙人的傢伙，對吧？」

「甜甜最乖了，不哭，不哭！」

「什麼？妳想要什麼？行，媽媽立刻帶妳去！」

張筱桂一邊自言自語，一邊懷抱著嬰胎，走出了家門！

人果然很脆弱，甚至不需要支撐點，都會被撼動。張筱桂的人生，因為撿到了夢寐以求的寶寶，而墜入了地獄。

但她卻絲毫沒有察覺。她在嬰胎的蠱惑中，正努力的將更多人拉入地獄！

□

人類總是會奇怪，為什麼女性比男性多一條染色體卻沒能比男性厲害？

最近出現了一條疑似標準答案的說法。說是因為上帝也畏懼女性的力量，為維持男女的平衡，於是給女性設定了每月自動損血系統，這導致女性血量一直無法補滿，打怪升級跟不上，又要時常補給 OK 繃，導致裝備也跟不上。其實幸好如此，回憶一下，幼稚園時，那時候滿血滿魔的她們把男生欺負成了什麼樣？

我就深受其害。咦，又想起了古怪的東西。怪了怪了，幼稚園自己到底是在哪裡上的，怎麼有一種悲涼慘痛經歷的感覺？

不過時家的女性，確實很厲害。

我和時悅穎在第二天早晨就開車去了案骸古鎮，時女士在家裡待著，以防萬一妞妞突然出現。讓妞妞消失的那張詭異照片，我們將其貼在狗窩上。那隻吃了照片的流浪狗就有些慘了，每隔幾個小時，無論吃不吃都會排泄。排出的糞便全是稀的，臭不可聞，弄得整個花園都散發著濃烈的屍臭味。

無論將照片放在哪兒，每次狗狗排泄時，總是能將照片拉出來。我臨走前再三叮囑時女士，看可以，但是千萬不要碰。誰知道那隻流浪狗能撐多久，萬一突然因為脫水而暴斃，她很有可能成為下一個第一個碰到照片的生物，到時候就真的麻煩了。

至於時悅穎嘴裡提及的怪異洞穴，我當晚就去查探過了，疑點重重。首先，洞穴入口的塌陷並不是由於最近的地震，而是地底溶洞因為缺水造成的。從塌陷的空間量度，我很快就根據等量法與空間三角測定法計算出了溶洞的位置。

那地方和時悅穎所提及的洞穴位置完全不同，而且也絕對沒有那麼龐大。很有可能只是一條高一公尺半，長達幾十公尺的天然通道而已。倒是和妞妞找到的秘密通道很相似。妞妞當時恐怕就是想從這條通道逃到外邊，然後去案骸古鎮找自己的爸爸。

我們在她房間的床底下找到了許多離家出走用的證據。食物、銀行卡，甚至還有偽造的有時女士簽名的證明條，用來坐車住酒店以及應付警方的盤問。

這個六歲的小蘿莉心思細密得很，各方面都考慮到了。她清楚如果自己一個人遠行的話，會遇到很多麻煩，更有可能被員警送回家。這些東西不但讓時女士和時悅穎看呆了，也令我讚嘆不已。

妞妞還真是人小鬼大，用單親家庭的孩子早成熟的說辭，已經完全無法解釋了！她的智商還真不是一般的高！只是她的準備都白費了，故意引誘媽媽發飆後，她得到了自己想要的資訊，然後就匆匆忙忙的離開了。她居然什麼都沒有帶走，怪了，這是為什麼？

對於預謀已久，而且高智商的妞妞而言，肯定不會犯這種低級的錯誤。還是說有什麼突發狀況打亂了她的步調。她想藉由秘密通道離開別墅區，但意外進入了一個詭異的地底空間中。

不，或許並不是意外。難道打亂她步調的，正是妞妞從那個滿地骷髏的墳場中挖出來的用酒罈子泡著的嬰胎屍體？

一切的一切，除了當事人外，恐怕現在很難證實。

總之，我在查勘了妞妞的秘密通道後，只得到一個結論。那就是別墅區地底下，根本就不存在時悅穎形容的那麼龐大的人工洞穴。這一點，時悅穎也一直很疑惑。畢竟是高級建築區，建商沒理由不徹底勘察地底下。如果真有那麼大的洞，早就被發現了，因為那是極大的隱患。住在別墅區的非富即貴，出了問題建商也承擔不起。

那麼問題就又來了，她兩個禮拜前進入的洞穴空間究竟是什麼東西？怎樣的存在？

「小奇奇，你說那個人工洞穴，會不會和購物街的壁畫一樣，類似於海市蜃樓，但卻又在別的時空裡？」時悅穎一邊開車一邊問。她的形容有些不太恰當，但是這個漂亮的女孩已經找不到別的詞彙來形容，來描述了！

「不知道。」我簡短的回答，手裡一直在調試著新的手機。手機是時悅穎買給我的，她說我沒手機不方便。作為現代人的必備工具，手機有著無可替代的作用。於是我只能接受了。雖說和她是夫妻，但自己卻沒有任何真實感。買手機的錢和這段時間的吃穿用度我記在心裡，打算在妞妞的事情結束後，賺錢還給她。

將手機設定完，下載了常用的工具後，我打開GPS，突然沉默起來。將地圖縮小，世界的版圖立刻就展現在眼皮下，我看了一眼歐洲，又看了一眼亞洲，然後視線落在國內的某一塊區域，大腦猛地跳動了一下。

怪了，每看一個地方，自己就會衍生出熟悉感。無論是亞洲、歐洲、美洲，自己似乎都去過。失憶前的我到底是什麼人？怎麼可能去過那麼多地方？難道自己經常旅遊，又或者是職業旅遊家，否則完全無法解釋。畢竟地球幾大洲，對普通人而言，一生中或許也就去過寥寥一兩個罷了，而且還是淺嘗輒止的旅遊。

但是自己對那些地方的熟悉感，顯然是有過深度居住的經歷。

我疑惑的思索著，最後視線再次落在江陵市東南方幾百公里外的一個小村落裡。似乎，在那兒，自己遺落了十分重要的東西。這件事了之後，看來必須要去一趟才行！

嘆了口氣，我才將導航設定在案骸古鎮的位置。所謂古鎮，一般是指有著百年以上歷史，供集中居住的建築群。中國歷史悠久，廣闊土地上有著很多文化底蘊深厚的古鎮。案骸古鎮曾經是其中之一！

那裡離江陵市大約一千多公里，需要翻越秦嶺到達成都，然後再駕車越過平原，朝深山開個幾十公里。算是人跡罕至的地方！我至今都搞不清楚那個荷蘭人安德森．喬伊幹嘛要揹著一大堆器材跑去案骸那鳥不拉屎的地方。

一八九五年，照相機的價格高達三萬美金以上。換算成現在的貨幣，超過六十萬美元，算是昂貴至極的易碎品。而且安德森．喬伊在路途上幾乎沒有停留，就算是在成都也只歇息了一個晚上。很顯然，他的目標就是案骸古鎮。

這裡邊的問題就耐人尋味了。是什麼將他一個外國人吸引到那個內陸的小鎮去？安德森並不富裕，他的相機和旅費是他背後的贊助者出資。曾經有史學家和博物學家猜測過，這傢伙滿世界到處走，其實是為了自己的贊助人尋找某樣東西。

如果真是這樣。那麼那樣東西的線索，就曾經出現在古鎮中。

推理到這兒，我皺了皺眉頭。安德森．喬伊一生拍了幾萬張照片，但是到了一八九七年，就再也沒有照片問世了。也沒有人再得到他的消息，這位博物學家兼冒險家就突然莫名其妙的失蹤了。

從時間點推斷，一八九五年，他來到案骸古鎮。一八九六年乘船離開上海。一八九六年底回到歐洲，之後便人間蒸發。

案骸古鎮與他的失蹤之間，難道有著某種關聯。例如他找到了贊助者需要的東西，歡欣鼓舞的跑回歐洲交差，結果卻被贊助者殺了滅口？

我越想越覺得極有可能。但那個安德森到底找到的是什麼？和他照得詭異的古老照片；和突然出現在別墅區下方莫須有的人造洞穴；和妞妞走入壁畫中消失，然後在案骸古鎮的棺材鋪裡突然出現有關嗎？

第十章 古鎮疑雲

每個古鎮都有悠久的歷史，時間長了，自然名字也就多了。一個古鎮以前叫著這個名字，但是由於統治者變了，可能名字也會在一夜之間不同。

案骸古鎮同樣如此。

我查了查資料，又對比了一下腦子裡對案骸古鎮的記憶，感慨良多。自己的大腦完全就是個百科全書，雖然有時候也會覺得自己頗為聰明，可一旦回過神來，才會發現原來我有過目不忘的本領。而且腦子中的資訊，多得令人咋舌，很雜，幾乎什麼都能找到。

難道，從前的我，是一個博物學家。最奇怪的是，記憶是失去了，但失去的僅僅是對家庭，對親人，對過往經歷的記憶。其餘的知識，一丁點都沒有忘記。

這種失憶症，太特別了一些。甚至特別到我無法解釋！

案骸鎮從前的名字並沒有那麼拗口怪異，它原為鳳慶。明朝時，因村南前山的一場戰爭，佈滿了屍骸，最終被附近的人傳為不祥之地。久而久之，原本的名字變了，叫案骸鎮的多了，當時的鎮長也乾脆隨流，將其易名為案骸。

案骸建村久遠，聚居人口眾多，文人輩出，文化底蘊深厚，曾經是古時候著名的川西名鎮。據歷史記載，乾隆年間案骸已稱鎮，清與民國，案骸鎮名一直沿用。

古鎮，坐東朝西，前人描述這裡的地理形勢，有「前岩紗帽，後峰筆架，獅水瀠洄，象山聳立，左蟾躍，右鷹翔，龍盤虎踞，景無所匹」之說。素有「鳳縣第一村」和「小成都」之稱。

這塊地界的歷史很長，新石器時代就有人類居住。東晉時期，就有中原士族遷入開發案骸這片土地。初唐時期，案骸村落已初具規模，村西就是青衣江中游重要的水運碼頭昭浦，航運的發達促成縣城的繁榮，進而吸引許多名門望族來此居住，共同開發這片肥沃的土地。

根據相關史料，這裡也是茶馬古道，由成都途經黑水，進入西藏的重要休息站。也因其山水環繞，地勢險要，是歷代兵家必爭之地，也是近代史上的川南軍政重鎮。

但是隨著經濟中心的南移，茶馬古道不需要了，河水也枯竭了。案骸鎮上的人走的走，散的散，最終只剩下些老弱病殘，就連旅遊業也發展不起來。可憐了這座千載古城。

「說起來，妞妞為什麼會認識周雨？」我收起手機，看著遠處一成不變的盤山道風景，突然問。

本來從江陵市坐飛機去成都，再轉車前往案骸是最快的。但時悅穎死活不願意坐飛機，聲稱自己從小就有懼高症。但等我回過頭想清楚時，才發現其實真正坐不了飛機的是自己才對。女孩撿到我時，我身上沒有任何證件。要重新辦理的話，必須知道自己是哪裡人，才能找籍貫所在地開證明。

可這對失憶的我而言，也是遙不可及的方法。廢話，我要是能記起來自己是哪裡人，那我究竟是誰這個問題，也不用弄得我現在腦袋發疼了。

時悅穎善解人意，溫柔的將原因歸咎於她，怕我想起失憶的事情著急難受。

「周雨成了屍體，讓我沒認出來。但那張詭異的照片中，周雨的模樣我倒是真的認得。難怪聽名字有些耳熟呢！」時悅穎眨著眼睛說：「她曾經當過妞妞的美術老師，只不過當了很短的時間就離開了。」

女孩想了想，掏出自己的手機：「我手機裡還有她身分證的照片。現在騙子很多，當時我怕妞妞被拐走了，特別照下來的。」

我打開手機相簿，翻沒幾頁就找到周雨的身分證照。周雨的長相很普通，因為營養不良的關係，臉很瘦。但看到她的證件地址時，我頓時愣住了！

這是怎麼回事？難道是巧合！還是說有人刻意安排的，甚至是周雨故意接近妞妞！

「怎麼了？」時悅穎見我神色大變，不由得緊張起來。

「妳自己看。」我的聲音有些發抖，伸手將手機遞到女孩視線能夠觸及的位置。

時悅穎一看，險些釀成車禍。她的聲音也乾澀起來，好半天才艱難的說道：「周雨，是案骸鎮的人。巧合？」

「哪有那麼多巧合。案骸鎮總共才幾千人，年輕人更是少之又少。她周雨巧合的考入了江陵市的大學，這個我相信。但是她又巧合的當了妞妞的美術老師，這我就有些懷疑了。」我輕輕搖搖頭。

周雨身分證的地址欄上，赫然寫著住址：案骸鎮鳳凰路 102 號。

「對啊，哪有那麼多巧合。」時悅穎喃喃道：「難道是周雨故意接觸妞妞？這樣就說得通了，一直以來妞妞雖然想念自己的父親，但還挺聽話的。可是自從周雨教過她一段時間後，她的小心思就多了起來。是不是周雨，告訴過她些什麼？」

「周雨怎麼可能知道妞妞的父親和案骸鎮有關係？大姨夫是在案骸鎮失蹤的，但這件事只有妳姐姐清楚，就連妳都不知道。」我皺著眉頭，越想越奇怪，總覺得裡面有著可怕的陰謀：「算了，在這兒猜來猜去也沒有任何意義。我們到了那地方後，先去周雨家調查一下。」

時悅穎點點頭：「不錯，如果背後真有人在搞鬼。那麼周雨一定是被人指示的，從她身上應該能找到些線索。唉，姐夫到底和案骸古鎮有什麼關聯呢？最近發生的這一連串怪事，會不會和姐夫有關？」

「十有八九有些關係。」我判斷道。如果沒有關係才有鬼了。現在一切都指向妞妞父親的失蹤上。聽了時女士的故事，我覺得自己的這位大姨夫，似乎不是一般的神秘。

「據說現在案骸古鎮經濟蕭條，那裡的人應該過得很慘吧！」女孩沒有在這件事上多牽扯，岔開了話題。

我強自打起精神，笑了笑，說道：「那個古鎮歷史悠久，不過有兩個傳說特別有意思，想聽我說說嗎？」

「想聽！想聽！」時悅穎雀躍的甩了一把方向盤，轉過了急彎。

「第一個故事，叫做漁女。說的是案骸鎮雙峰寺西南方近兩公里處，有一處叫『洞口上』的瀑布。那瀑布高數十公尺。瀑布下有一深潭，深不可測，該處常年水聲隆隆水霧迷濛，膽子小的人都不敢靠近水潭。

「相傳很久以前，在雙峰寺附近有個陳姓孤兒，無依無靠，常年幫有錢人家割草餵牛混口飯吃，人們都叫他陳二娃，洞口上瀑布周圍的水草肥美，陳二娃經常在附近割草，一天黃昏時，他像往常一樣，又在瀑布邊的山坡上割草，偶一抬頭看見潭中間有團水氣，這團水氣模樣十分像一個少女，陳二娃驚呆了，一直看到天黑。

「陳二娃從此以後天天來到潭邊割草，水中的少女形象也越來越清晰，一天終於呈現出一位烏髮披肩、體態婀娜的少女，只見此女輕舒手臂，用雙手梳理頭髮……，陳二娃天天看得如癡如醉，割的草越來越少，常常被罵。

「一日，陳二娃從雙峰寺前經過，正好撞見住持和尚。他一見陳二娃，便大驚，說陳二娃眉間有一團黑氣，已被妖魔上身，終會被妖魔所害。陳二娃聽後，嚇得魂不附體，連忙將自己所見所聞告知住持，住持聽後說道：『我觀天象，已知西南方向有妖魔，為一修道的鯉魚精，七七四十九天後將完全化成人形，到時，她就能跳出深潭，危禍百姓，我本仁慈，不忍收她，現情況危急，我將擇日降伏她，你不能再靠近深潭了。』陳二娃忙叩頭謝恩。

「住持選定吉日，來到洞口上瀑布潭邊，佈好道具。將近黃昏時，只見一團水氣在潭面升起，漸漸的，一個美女出現在潭中央，一頭烏黑的長髮在水面散開，這時，住持和尚口中念念有詞，只見一團金光從山頂升起，漸漸罩住潭中央，那鯉魚精還來不及逃亡，就被降伏了。」

故事講完後，我頓了一頓，問道：「妳覺不覺得這個故事有些熟悉？」

時悅穎偏著腦袋，突然啊了一聲：「水中鯉魚精的倒影，挺像是那張詭異照片的感覺。明明是靜態的照片，卻能映出動態的東西。」

「不錯，鏡花水月，南柯一夢，這些成語有可能都是形容能通向多度空間的門，只是古代人不明就裡，以為是妖孽作祟。」我點點頭。

「多度空間？怎麼聽起來那麼高大帥氣有程度，和妞妞有關嗎？」女孩問。

「靈異恐怖的事情總是有它的解釋基礎，現在無法解釋的原因，可能是我們瞭解的東西不夠多。」我思索了一下。自己腦袋裡雖然有許多知識，可骨子裡卻總是對怪力亂神的事件持否定態度。昨天遇到了許多怪事，每一件，我的大腦都試圖用科學的方法去解析。

「我總覺得那個瀑布下存在著某樣東西，它有打開多度空間大門的功能。孤兒陳二娃看到的，恐怕便是多度空間中其中一個平行世界。古代人愚昧，便認為是妖魔。這個故事的最後，雙峰寺住持將逮住的鯉魚精化為某樣東西，鎮壓在寺廟裡。但那東西是什麼，傳說中沒有講，我也不得而知。」我指端有節奏的敲擊著車子的中央扶手：「詭異照片顯然也擁有打開多度空間的能力，這才能令妞妞走入壁畫裡，又出現在了一八九五年的案骸古鎮的棺材鋪中。」

「至於傳說中鯉魚精化為的物體和安德森．喬伊的照片為什麼會有相似的能力，這就是我們去古鎮後，需要尋找的方向。」我想了想，補充道：「總之，那個老外一定在案骸鎮發現了什麼！」

時悅穎深以為然，好奇地問：「第二個傳說呢？」

「第二個故事，叫做來生井。」我看著車窗外閃過的風景，突然停止了話題。

只見車窗外不遠處，離車前方大約五十公尺外的公路上，猛地從路邊竄出一隻黑臉田園犬。那隻狗體型苗條但肌肉凸顯，從牠脖子上的紅繩判斷，應該不是野狗，但紅繩很髒，狗的身上也很髒，似乎很久沒有洗澡了。

牠原本背對我們，但衝入公路後就像是感覺到什麼般轉過頭來，一眨不眨的望著我和時悅穎，眼神直愣愣的，尾巴夾著，慢慢踱步向我們移動過來。

雖然是山路，但由於路上的車流很少，時悅穎開車的速度絕對不慢，五十公尺的距離幾個呼吸間就能縮短為零。田園犬已經跟我們近在咫尺，我甚至能看到牠眼中閃過的血腥紅芒以及嘴裡不斷往下流的唾液。

狗絲毫沒有感到害怕，迎著車就撲上來。

「啊！要撞上了！」時悅穎尖叫一聲，山道上亂打方向盤是極為危險的事情，她只能使勁的穩住方向盤。

我眼睜睜的看到這隻疑似患病的狗發狂的接近車的擋風玻璃，牠嘴裡的液體是黑褐色的，看起來很噁心。怪了，這隻狗怎麼跳得了這麼高？時悅穎開的是賓士越野車，底盤高，擋風玻璃離地面接近一公尺半。正常的狗跳起來，還要越過長長的引擎機蓋，在如此短的距離下，根本就會在一跳起時被車撞飛。

但這隻瘋狗顯然脫離了常理，正當我害怕牠撞破擋風玻璃衝入車內，將我與時悅穎撞暈，弄得車毀人亡時。更令人驚訝的事情發生了。

我的眼皮抽搐了幾下，想要下意識的閉上，但意識還是成功的控制了眼皮。自己的眼睛清晰的看到明明撞到玻璃上的狗，突然就消失了。

在我的眼皮子底下莫名其妙的消失了，消失得一乾二淨，無影無蹤。

車沒有震動，擋風玻璃也沒有破裂。就彷彿什麼事情也沒有發生過！

長長的煞車聲響起，時悅穎好不容易才將車停住。我倆驚魂未定的對視一眼，老是感覺車裡面不安全，連忙打開車門走了出來。

「剛才究竟發生了什麼事？」女孩抱著臂膀不停地哆嗦：「幻覺？」

「兩個人一起看到幻覺？」我一邊反問，一邊緩緩搖頭。頭頂的陽光灑下，照得周圍的地面一陣樹影婆娑。這條通往案骸鎮的山道雖然明媚秀麗，但在發生了剛才的事情後，突然變得陰森起來。彷彿那樹的影子中，道路兩旁的陰影裡，就連吹拂在臉上的空氣裡，都躲著無數雙眼睛，正在用猩紅的眼神，死死的窺視著我倆。

我看著樹葉被風吹動，猛地打了個寒顫！

「那隻狗呢？牠明明撞上來了！」時悅穎檢查著汽車。引擎蓋上沒有撞擊痕跡，擋風玻璃也是完整的。車輪底部沒有血跡。她完全找不到任何證據證明，剛才雙眼看到的狗真實存在過。

我謹慎的打量起四周，過了好一會兒僵硬的身體才慢慢恢復，被監視的感覺也變淡了。剛才耳朵裡聽不見蟲鳴鳥叫，現在，都重新湧入耳中。山道再次恢復了生機。

不過這種生機，只是令我更加緊張罷了。怪了，剛剛那令人難受的感覺，究竟是不是錯覺？

時悅穎見我呆呆的沒有動彈，連忙走上前來輕輕搖了我一下：「小奇奇，你怎麼了？」

「沒什麼。」我晃了晃腦袋，沒多說話。感覺的事情很難以描述，就算說了也不過徒然讓她更加恐懼而已。

我踱步走到車前，也檢查起車的狀況來。腦子裡的腦細胞不斷的產生化學反應，這件事似乎有股似曾相識的感覺。彷彿很久以前，也和一個女孩開車進行長途旅行，也是在一條山道上，遇到了意外狀況，一車人險些喪生。

但那個女孩究竟是誰，自己完全記不起來了！總之，肯定不是時悅穎。

車果然沒有任何損壞的痕跡，正當我捂著腦袋，認真的思考我倆身上是不是發生了集體幻覺時，突然，擋風玻璃上幾滴黑褐色的液體引起了我的注意。

一靠近，我就聞到那黑褐色的液體散發出驚人的臭味，彷彿屍油和福馬林混雜在一起，不停地向空氣中揮發刺激性微粒。我扯出一張紙巾，將那些可疑液體沾了一點起來，湊到眼前仔細打量。

時悅穎也將小腦袋探過來張望。

「這是什麼？」她問。

「極有可能是那隻突然不見的狗嘴裡吐出的唾液。」我回答：「除此以外，我找不到其他的解釋。」

「好臭。」女孩學我的模樣皺起好看的眉：「而且好眼熟。」

「不錯，這種臭味，我依稀記得在哪裡聞到過！」我深以為然。

「啊！想起來了！」時悅穎可愛的拍了拍頭，總算是從記憶深處挖掘出這黑褐色液體的來歷：「我記得妞妞跑出別墅，自己找入地底洞穴時，曾經在地底那些螢火蟲身上聞到過。而且妞妞挖出來的那個泡著嬰兒屍體的酒罐子中，也隱隱散發著這味道！」

「嬰兒屍體？」我輕輕咬了下嘴唇：「我一直都很在意，妳姐夫拿給妳姐姐供著的那個酒罐子，以及妳在人工洞穴下看到的酒罐子，似乎很相像。它和那張詭異的照片之間，到底有什麼關聯！」

時悅穎看了一眼天色：「不早了，先到案骸鎮上再說吧。還要開兩百多公里呢。」

我點點頭，轉身向後望了一眼。山路崎嶇，我們已經行駛了接近八百公里。身後的路卻是那麼的陌生，透著淡淡的詭異。無人的山路，果然會帶給人壓迫感。

正當自己拉開車門準備上車前，我猛地停住腳步。

「悅穎，那隻我們餵牠吃照片的流浪狗，妳還記得吧？」我突然問。

「當然記得。」女孩詫異的問：「小奇奇，你想到什麼？」

「快打個電話問妳姐姐，我越想越覺得不對。」我聲音急促道：「那隻狗雖然骯髒，但依稀有田園犬的模樣。剛剛看到的那隻，和流浪狗越看越像。」

時悅穎回憶了一下，頓時驚呆了。她也覺得那隻突然消失的田園犬有許多特徵，確實和那隻被拴在別墅花園中的流浪狗很相似。

難道會是同一隻？

時悅穎覺得自己的想法有些荒謬。她慌張的撥通了姐姐的電話，來不及說廢話，急忙喊道：「姐姐，去花園裡看看那隻流浪狗。快！」

「你們到了案骸古鎮，找到了妞妞沒？」時女士一邊連聲問，一邊從臥室下樓，走入花園中，「那兩隻狗一個小時前我還餵過，吃了照片的流浪狗被我洗乾淨了，今天下午牠身體好了很多，也沒怎麼拉肚子……」

時女士的話還沒說完，電話中的聲音就瞬間被切斷了。

「姐姐，妳怎麼了？」時悅穎緊張的提高了音量。

「狗！狗不見了！」時女士嚇得一屁股坐倒在地上，手足無措起來。

隨著這句話從話筒中傳出，我和時悅穎面面相覷，震驚得完全說不出話來。

果然，花園中的狗和剛才撞車失蹤的狗是同一隻！不過那隻洗乾淨的流浪狗到底在撞車的一剎那去了哪裡？

還是說，牠和妞妞一樣，通過照片，進入了一八九五年的案骸古鎮中……

第十一章 棺材鋪

心理學有個現象叫做「破窗效應」，就是說，一棟房子如果窗戶破了，沒有人去修理，隔不久，其他的窗戶也會莫名其妙的被人打破；一面牆，如果出現一些塗鴉沒有清洗掉，很快的，牆上就會佈滿了亂七八糟，不堪入目的東西；一個很乾淨的地方，人會不好意思丟垃圾，但一旦地上有垃圾出現後，人就會毫不猶豫的亂丟，絲毫不覺羞愧。

這真是很奇怪的現象，心理學家研究的就是這個「引爆點」，地上究竟要有多髒，人們才會覺得反正這麼髒，再髒一點也無所謂，情況究竟要壞到什麼程度，人們才會自暴自棄，讓它爛到底。任何壞事，如果在開始時沒有阻攔，形成風氣，就改也改不掉，比如河堤，一個小缺口沒有及時修補，可能造成潰堤，造成千百萬倍的損失。

已經午夜了，張筱桂就這樣穿著睡衣，抱著一個圓柱形的酒罐子，走在只有昏暗路燈的街頭。街上一個人也沒有，只有她的影子被拉扯得亂七八糟。她懷中的酒罐在微光裡反射著冰冷的光澤，燈光透過黑褐色的液體，將液體中那具嬰胎屍體也投影在地上。

嬰胎模樣猙獰，就算只是影子，眼睛的位置仍舊閃爍著兩點猩紅的光，猶如正在獵食的野獸。

張筱桂滿臉慈愛，不時撫摸懷裡的酒罐，寒冷的冬夜，她赤裸著腳丫卻似乎完全感覺不到寒冷。

突然，在走過一戶人家時，酒罐子猛地抖動了一下。張筱桂立刻停住腳步，溫柔的拍了拍酒罐子，像是懷中真的有一個嬰兒似的，問道：「甜甜，妳想要什麼？」

酒罐中的嬰胎猩紅眼睛微微一黯，她頓時感覺放在睡衣口袋裡的手機震動了一下。張筱桂蹲下身，將酒罐子放在雙腿上，這才掏出手機。

手機的螢幕已經亮了，自動解鎖後，彈出一個網頁。上面有一則令人完全摸不著頭緒的新聞。

新聞上提及美國一名女子，被控在自己流產三個月後，殺死一位懷孕八個月的朋友，之後取出受害者腹中的胎兒並據為己有。

今天，這名女子被判謀殺罪成立，將面臨強制性終身監禁，不得假釋。

這名叫柯里的女子，伍斯特市高級法院裁決她於二〇〇九年謀殺了二十三歲的好友海恩斯罪名成立，柯里的刑期將於六日後宣佈。

檢方說，海恩斯懷孕八個月時，柯里襲擊她，並將她腹中的胎兒取出。

檢察官還透露，柯里此前懷孕過，但在此案發生三個月前流產。案發後，她還告訴自己的男友及家人說，這名從海恩斯腹中取出的胎兒是她自己的孩子。

這名嬰兒如今已經四歲大，由親生父親撫養。

明明是莫名其妙的新聞，但張筱桂居然懂了。

「甜甜，妳是想要弟弟或妹妹嗎？行，媽媽這就幫妳去找。」她看了一眼不遠處的民宅，毫不猶豫的走了過去。

夜晚一片死寂，張筱桂憑著一雙赤腳居然走了六、七公里，來到了江陵市的郊區。郊區，晚上基本上是沒有夜生活的。這間民宅位於拆遷區域上，只有一棟房子孤零零的聳立著，附近距離最近的房屋，至少也有數百公尺的直線距離。

張筱桂在地上撿起一塊磚頭，砸破窗戶玻璃後，將手伸入破口處艱難的摸到了門把手。反鎖的門很快就被她打開了。

但寂靜的房間裡發出如此響亮的玻璃破碎聲，也將房屋的主人驚醒。男主人穿著拖鞋，滿臉緊張的手握菜刀從樓上走下來。

「誰！我家沒什麼好偷好搶的。再不走我就要報警了！」男主人聲音有些發抖，他猶豫了一下，還是打開了客廳的大燈。

刺眼的燈光頓時照亮四周，張筱桂暴露在光線裡，但是她似乎完全不在意自己的行為是不是在犯罪。

她安安靜靜的站在原地，抬頭看了男主人一眼。

男主人顯然呆住了，沒看清時他還在想著怎麼嚇退入侵者。可是當看到一個穿著睡衣面容姣好的女人，懷裡抱著一個酒罐子，赤裸著腳站在自己家客廳時，反而不知道該怎麼做。

「小，小姐。妳闖進我家幹嘛？」過了好久，男主人總算是反應過來，結結巴巴的問道。不得不說人長得漂亮會佔許多便宜，例如人妻熟女張筱桂。她有一張漂亮的臉，所以就連深夜詭異的闖入別人的家，男性也下意識的沒有將她當作威脅，反而替她想起藉口。

「這麼晚了，妳一個女孩子家多危險。還穿著睡衣！難道是被人趕出家門了？」男主人顯然是社會新聞看多了，自然而然的想起了家暴，離家出走等等緣由：「要不要我替妳報警？」

他看到張筱桂漂亮的雙眼一眨不眨的望著自己，身後的門大開著，冰冷的風不斷從黑漆漆的門外吹進來，不由得打了個哆嗦，感覺怎麼四周突然陰森得有些怪異！

張筱桂沒有開口，更沒有轉頭四處張望。她看似仰頭看男主人，但實際上卻穿透男主人的身體，朝著二樓的某個房間望過去。

男主人見她絲毫沒有跟自己對話的意思，心裡嘀咕著這個模樣美麗的美女是不是啞巴，或者是傻子。因為怎麼看都覺得她精神有些不正常。

還是打電話報警吧，如果這女孩真是遇到了家暴，還是需要警方介入才行。這美女雖然養眼，他心癢癢的想將其留下，但是又不敢。他怕樓上的黃臉婆發飆！

「小姐，妳在沙發上坐一下，我找人來幫妳。」男主人越過張筱桂，將門牢牢關上。不知為何，他總覺得黑漆漆的門外有什麼東西在窺視自己，怪嚇人的。

就在他站在大門口準備拿起電話時，張筱桂突然說話了，她的語氣甜美溫柔，像是情人在說情話：「你的老婆，預產期什麼時候？」

「再過兩個月。」男主人下意識的回答，話一出口就覺得不對勁了。怪了，這女人怎麼知道自己的妻子懷孕？難道是認識的人？不對，這女人漂亮得像是熟透的蜜桃，只要見一次他就不可能忘記！

還沒等男主人想明白，一把閃著寒光的尖銳菜刀就從背部刺入，穿過他的肋骨縫隙，插入了他的心臟中。

男主人的心臟一寒，帶著難以置信的表情，瞪大眼睛，一聲不哼的倒在地上。沒幾秒鐘他就嚥下了最後一口氣！

「插得真緊。」張筱桂艱難的將刀抽出，看著刀尖不斷往下滴的殷紅血液，露出了陰森森的笑容：「好吧，甜甜別急，媽媽這就給妳找弟弟去。」

她左手抱著酒罐子，右手提著刀，一步一步的走上樓梯。

樓梯左邊的房間中，一個女人的聲音傳了出來：「死鬼，你怎麼還不進來。外面究竟出了什麼事？」

「沒什麼事，妳的丈夫暫時休息一下，妳很快就能見到他了。」張筱桂推門走進房間，幽幽道。

「妳是誰？」女人瞪著眼睛看她，傻了眼。不得不說女人的想像力很驚人，她很快就尖叫著大罵起來：「你是那個死鬼的情婦。該死的混蛋，老娘才懷孕六個多月就忍不住了，居然在外邊找情婦。該死的，要找就外邊找去，居然還帶回家裡。我說妳一個漂亮的女人怎麼就那麼下賤。我家還沒拆遷呢，窮得只剩屋瓦了……咦，等等，妳手裡是什麼東西？」

張筱桂將背著的右手露出來，滴血的菜刀反射的光冰冷無比。

「殺，殺人了！」再蠢的女人都猜得到究竟發生了什麼可怕的事。懷孕的女人尖叫著從床上爬起，一邊捂著鼓起的肚子，一邊想要從房門逃出去。

看起來柔柔弱弱的張筱桂一揚手，以和其體格完全不相符的速度拔刀插入女人的脖子上。女人立刻倒在地上，嘴中不停的冒血。鮮血從身體裡噴出，又被下意識的嚥回了喉嚨中，沒過多久便開始呼吸困難。

張筱桂微笑著，抽刀在女人的衣服上擦了幾下。她看了一眼已經接近窒息的孕婦，輕輕搖了搖頭：「妳看，我沒有撒謊吧。妳就快見到妳丈夫了。」

說著便在女人驚恐哀求的眼神中，用刀在孕婦高聳的肚子上比劃著，似乎在尋找下刀的最佳位置。

「不，不要。求求妳！」隨著這句話噴出的是孕婦的血。

「放心，不痛的。」張筱桂再次展顏一笑，然後使勁的將刀刺了下去。一刀，一刀，孕婦眼睜睜的看著肚子被割開，羊水伴隨著殷紅的血流了一地。

在生命的最後，她看到自己還有兩個月就能出生的兒子，被這突然闖入的女人捧在手中。

張筱桂看著手裡揮舞著小手小腳的嬰兒，因為從舒適的環境裡猛地暴露在空氣中，顯得非常難受。

被放在雙膝上的酒罐子再次震動了一下，她側耳傾聽著，臉色有些難受：「這個孩子不能當妳的弟弟是嗎。沒關係，甜甜，媽媽重新給妳找一個。」

「什麼？一定要是她才行？」

「可是她並沒有懷孕啊！」

「這樣啊，那我就帶妳去她家好了。甜甜，我的甜甜，媽媽一定會幫妳的！」

張筱桂隨手將不斷掙扎的嬰兒扔在地上，走出這棟房子。

房子內，只剩下一男一女兩具屍體，以及逐漸虛弱嚥氣的還未出世的男嬰……

根據科學研究，時間和空間要相對穩定，才會繁衍出生命。按照此類結論，地球應該是很穩定的三度空間。但穩定永遠只是一種相對罷了，幾千年來，世界上不是流傳過許多稀奇古怪的關於時間和空間轉移的傳聞嗎？

或許那張詭異的照片，就是擁有空間和時間能力的某種奇異物品。但有一點我實在想不明白，一張普普通通的照片而已，又是一個還算普通的荷蘭人照的，照的古鎮也不算稀奇。但這張一百多年前的照片，憑什麼就擁有可怕的能力？

這一點我完全想不通。最想不通的是，周圍明明盡在發生詭異事件。可自己的大腦，卻偏偏不斷的試圖用科學解釋。矛盾的思維令我極為困擾。

我們是當天凌晨到達案骸鎮，這個古鎮如同想像般破敗。邋遢的青石板，低矮的兩層樓磚瓦房，街道如蜘蛛網般密佈好似迷宮，看起來髒亂得很，缺乏管理。隨便找了一家旅店住下，時悅穎硬是要了個雙人房，說是一個人睡會害怕。

「既然是夫婦，有什麼好害羞的。」女孩結帳後，嘻嘻笑著挽著我的手，走進看起來還算乾淨的房間裡。

這個舉動害得一整晚兩人都在翻來覆去胡思亂想中度過。第二天早晨七點，我實在忍不住了，起床簡單的洗漱後帶著她出門。

「我們去哪兒？」時悅穎點了油條豆漿，順便還要了一碗川西特色的米粉，吃得不亦樂乎。

「先去找棺材鋪。」我盤算著，將手機中一百多年前的照片翻出來看：「棺材鋪不難找。看起來案骸鎮的格局基本上沒有變過，況且這麼小的古鎮，通常也就一家棺材店。問問老人就知道了。」

匆忙的吃完飯，時悅穎和我找了個坐在門口歇腳的八十歲老人問到了地址。

「你們找棺材鋪幹嘛，那裡五十多年前就關門了，變成了一般人家。」老人磕了磕旱菸袋：「那地方陰森得很，不去也罷。」

「我們在找民俗方面的東西，就在外邊照幾張相。」我乾笑了兩下，就準備拉著時悅穎離開。

這老人看著我們的表情很怪異，顯然在奇怪我們究竟是從哪裡聽說棺材鋪的事情。但一聽到我們準備照相，立刻大驚失色：「千萬不要！棺材鋪自古就很恐怖，凡是在那裡照過相的人，全都會死於非命！」

「死於非命？」我和時悅穎對視一眼，同時皺了下眉。案骸古鎮上的棺材鋪，果然有什麼怪東西。難道和那張詭異的照片有關？

我們馬不停蹄的來到老人說的地址，已經一百多年過去了，雖然小鎮的格局沒變，但是店鋪的用途改變了。棺材鋪旁邊的打鐵鋪是家隨處可見的十元專賣店，而原本的棺材鋪的位置，門上的棺材狀雲紋不見了，上面的木框明顯有刮過的痕跡。而門兩側還貼著一副老舊的對聯。

對聯上的字早已經看不清，褪色紅紙在風中淒涼的擺動著，不時發出唰唰的聲音。整條街道上，幾乎沒有一個人。這座有著久遠歷史的案骸古鎮正隨著人潮的遷出而死去，剩下的只有荒涼寂冷。

突然，時悅穎大吃一驚，手指指著棺材鋪的門牌，臉色慘白起來。

我隨著她的視線望去，也不由得渾身一抖。只見門牌號上赫然寫著一行地址：

案骸鎮鳳凰路 102 號

「怎麼會這樣，這裡不是周雨家的地址嗎？」女孩摸著額頭，她感覺資訊太混亂，頭都痛起來。畫壁畫、當過妞妞美術老師、慘死在租屋中的周雨，居然住在曾經的棺材鋪中。難道她到江陵市上學，根本就是早有預謀，想要得到妞妞。

可妞妞才六歲，周雨已經二十多歲了。完全說不過去啊！

面對越來越撲朔迷離的事情，我也眉頭深鎖。自己前幾天還在流浪，顧影自憐自己的失憶症。沒想到被人撿回去，居然就撿出了這麼多事。妞妞到底是什麼來歷，現在的事態發展，明顯是針對她。而且已經預謀了好多年。

或許從她還未出生前開始，就有隻隱藏的黑手，在靜靜潛伏著，等待著她的出世！

我沒有吭聲，低頭看了看門把。把手上已經積滿灰塵，顯然很久都沒人出入了。轉頭四處張望了一下，周圍一個人都沒有。自己這才慢吞吞的掏出一根鐵絲，在老舊的鎖孔裡撥弄了幾下。

這把有十多年鎖齡的門鎖發出一聲沉悶的響聲，門被打開了。

「每次看到小奇奇你像小偷一樣開鎖，都覺得特別帥。」時悅穎滿眼小星星的用崇拜的眼神看著我。這個漂亮女孩的價值觀似乎有些扭曲，能用鐵絲開鎖有什麼好崇拜的？

「進去吧。」我沒浪費時間，推開了周雨的家門。

門內漆黑一片，擺設很簡陋。曾經的棺材鋪弄堂很大，現在卻堆滿了雜物，後屋用來擺放未用過的棺材的地方，只有空蕩蕩的一張床。周雨的日記裡提過，她是單親家庭和好喝酒的父親住在一起。

只是不知道，她父親去了哪裡，至少也有幾個月沒有回過家了。

「什麼都找不到啊，妞妞究竟在哪兒？」時悅穎翻看了整個房間後，頹然的嘆氣道。

我摸著下巴，腦子不停地在思考。突然，像是想到了些什麼。

「還記得跟妳講過的案骸鎮著名的兩個民間故事嗎？」我唐突地問。

「第一個是漁女。」時悅穎搞不清楚我究竟想表達什麼，見我滿臉嚴肅，只好點點頭。

「那我，跟妳講講被打斷的第二個故事！」我的視線在四周游弋著，不停搜索著可疑的東西。

我的聲音也迴盪在了整個空蕩蕩的房間中。

第十二章 井的故事

傳說人死後投胎，或為人，或為馬，因前世修為不同，投胎後的來生也不同，前世作惡多端，來生將為牛馬，前生多修善，後世必享福多，正如大家說的，善有善報，惡有惡報。相傳案骸古鎮上曾經有一口井，那口井的名字很奇怪。叫來生井！據說只要到井前一照，就可知道自己的來生。

那口井的典故，很有意思。

很久以前，有戶貧困人家，靠給財主當長工來養家餬口，一日，長工來到財主家中，講好當一年長工，財主給他十擔穀子，老實的長工信以為真，在財主家裡幹活十分賣力，天天日出而作，日落而息，辛苦幹到年關，心想，辛苦一年，十擔穀子運回家後，全家人幾個月的口糧不成問題。

可當他向財主索取穀子時，財主只說當時約定的是十斤清油，長工據理力爭，無奈財主勢大，不僅未能要到十擔穀子，反而被財主攆出門。長工悲痛欲絕，心想：辛苦幹了一年，才只有十斤清油，怎麼回家面對妻兒，還不如一死了之。

最後長工決定將這十斤清油捐給雙峰寺，拜完菩薩後一死百了。長工來到雙峰寺，將十斤清油捐給寺內，跪在佛像前，想起悲慘遭遇，不禁淚流滿面，住持和尚正好碰見，便問長工緣由，聽完後，忙勸解道：你這輩子為人老實，多做善事，來生一定有好報，並說鎮上有一口來生井，叫長工去照一下，看看自己來生的生活。

於是，住持將長工帶到井邊，長工對著來生井一照，只見井裡自己衣著光鮮，騎著高頭大馬，馬後跟著七、八個隨從，好不威風，長工轉悲為喜，高高興興的回了家。長工在來生井中所遇的奇事慢慢傳開了，不久，財主也聽到了這件事，心想：長工都知道自己來生的情況，想來我也差不到哪裡去。於是，便派許多隨從，前呼後擁，坐花轎來到了來生井前，要知道自己的來生。

可沒想到財主走近一照，臉色頓時大變，原來井中出現的是一個穿得破破爛爛，手持竹棍的叫花子，財主大怒，要隨從合力將井邊的一堵牆推倒，水花四濺，水井被瓦礫填得嚴嚴實實，財主率眾揚長而去，從此以後，人們再也無法找到那口神奇的水井了。

故事講完，我的視線也停在棺材鋪偏房的某一處所在。

「來生井？這東西跟找到妞妞有關係嗎？」時悅穎相信我不會講無關緊要的東西。

果然，我輕輕點了點頭：「當然有關。我仔細回憶了一下相關文獻，傳說中來生井就在這條街上。井口被財主推倒的牆填住後，上面修起了一棟房屋。」

「不會是……」女孩頓時聯想到了什麼，神色也激動起來。

「不錯，傳說中的來生井就在棺材鋪下面。我猜測，所謂的來生井之所以會映照出未來，或許只是因為井中有某樣東西攪亂了時間和空間。為什麼雙峰寺的住持會知道來生井的存在？極有可能是因為雙峰寺出現了動亂，不知哪一代的住持將第一個民間傳說中，封印漁女的物件藏在井中。」

我摸著下巴一邊推理著，一邊從附近找來一把鏟子，在房間裡一個看起來很怪異的角落敲擊了幾下。

「就算來生井真的在棺材鋪下面，可它不是被封住……」女孩的話還沒有說完，就聽到我敲擊過的地方，傳來一陣空洞的聲響。

她張大了嘴巴：「井，被挖開了？」

「果然如此。」我露出了一抹笑容，將地面上的厚木板移開，立刻就露出一個直徑約一公尺的深邃井口。井底深處，不斷地朝外冒著凍徹心腑的寒意。

井的一側還有一根繩梯。

「我們下去吧！」我將周雨的家門反鎖好，確定沒有人能夠進入後，這才和時悅穎爬了下去。

繩梯很長，這口傳說中的來生井幽深無比。好不容易才來到井底，我倆用手機燈充作照明，踩在沒有水，反而被青石板鋪得很好的地面上。井地下的空間比想像中要大得多，甚至看不到盡頭。

時悅穎一看之下，頓時嚇得撲到我懷中：「這裡，不正是我在別墅地下看到的人工洞穴嗎？怎麼可能，怎麼可能出現在這兒？」

我們所處的位置是一個亂葬崗，隨處可見白森森的屍骨。無數螢火蟲因為我們的到來而飛舞起來，帶著一股噁心的屍臭。

我冷靜的環顧四周一眼，突然瞳孔猛地放大，爆喝一聲：「悅穎，快打電話給妳姐姐，快！」

「她有危險！」

□

這個世界本就不公平，有人墮胎了一次又一次，卻像是常人般很快就能再次懷孕。而有的人只墮過一次胎，就再也無法懷上。

這個世界還真是他媽的不公平呢。

因為妞妞的失蹤擔心得睡不著的時女士突然看到大門的窗戶外閃過一個影子，不由得走了過去。奇怪，門外應該是自己家的前花園才對，究竟誰會闖進來？保全做什麼去了，有人闖入都沒有管一下。

她輕輕撥了一下窗簾，按下電燈開關。前花園的燈立刻就亮了起來，將那個封閉的空間照得大亮。美目望著窗外人影消失的地方，卻什麼也沒有看到。

時女士有些疑惑，剛剛明明看到有人在的，難道是錯覺？就在這時，她的手機響了起來。是時悅穎打來的。她摸著頭，將電話湊到了耳畔：「悅穎，找到妞妞的下落了嗎？」

電話那一邊的聲音很吵雜，聽不太清楚。

「妳說慢點，我這邊聽不見！」時女士提高了音量。

她的話還沒說完，眼角餘光處猛地感到背後有什麼東西越走越近，頓時住了嘴。果然有闖入者，那傢伙到底是怎麼進來的，進來幹嘛？

一道黑色的陰影被燈光拖得老長，甚至延伸到了時女士的腳底下。她的心臟狂跳不已，一咬嘴唇，強自鎮定的轉過身，頓時嚇得手機都險些掉在地上。

「小桂，怎麼是妳！」看到來人竟然是自己的閨蜜張筱桂，時女士懸著的心總算是平靜了下來：「嚇死我了，妳怎麼來了？」

張筱桂不知何時出現的，正站在飯廳中，衝著自己微微一笑：「擔心妳啊。妞妞找到了沒？」

「聽悅穎和小奇奇說，快找到……咦，不對！」時女士猛地察覺到了些什麼，眼睛打量起閨蜜來：「小桂，妳是怎麼進屋子裡來的？」

「後門沒關，我自己就進來了。」張筱桂向她靠近了兩步。

時女士嚇得連忙往後退，她本能的感覺到，閨蜜似乎全身都不對勁。一向打扮整潔的閨蜜，現在居然邋遢得只穿著睡衣。不光如此，她懷裡竟然緊緊抱著一個酒罐子。那個酒罐子，時女士覺得十分眼熟，像是在自己的記憶裡留下過深刻的痕跡。

「啊，這個酒罐子怎麼會在妳手裡！我明明將它打碎了！」時女士總算是想了起來。閨蜜手中的酒罐，不正是老公拿回來，聲稱是送子菩薩的怪東西嗎？

「我手裡哪有罐子，石頭，給妳介紹一下。這是我女兒甜甜。」張筱桂溫柔的撫摸著酒罐子，燈光下，罐子裡的黑褐色顯得更加渾濁不堪了。漂浮在噁心液體裡的嬰胎轉動了幾下，彷彿找到了目標，用凶厲的眼睛盯住時女士的肚子。

時女士嚇得再次往後退。

「妳看我家甜甜多乖，多有禮貌。快，叫阿姨。等下我們還有求於阿姨呢。」張筱桂也笑咪咪的看著時女士的肚子。

「小桂，妳到底是來幹什麼的？」被兩雙眼睛看著，時女士頓時毛骨悚然起來。完了，自己的閨蜜著魔了。

「甜甜生病了，需要人幫助。剛剛我找過一戶人家，但是那戶人家不行。甜甜說只有妳才可以。」張筱桂雖然聲音甜甜的，卻給人止不住的陰森感：「只有妳的子宮才行！」

「為什麼只有我才行，難道因為我吃過類似的嬰胎？」時女士嚇了一跳。

「不知道，但是甜甜說，唯有妳才行。石頭，妳就當可憐可憐我，把子宮借給我吧。妳也不忍心我沒有兒女，孤獨終老吧。」張筱桂開心的說：「放心，一點都不痛的！」

「放屁，死人當然不會痛！」時女士氣惱道，她已經快要被嚇瘋了。

「算了，沒關係，就算妳不同意也無所謂。只要我和甜甜能幸福就可以了，逢年過節，我不會忘記妳，會給妳燒紙錢的。」閨蜜無所謂的搖搖腦袋，就這樣決定了時女士的生死。

「老娘才不會死，我還要等妞妞回來呢。」時女士大罵，她當然不能死。死不可怕，可怕的是妞妞會徹底變成孤兒，真這樣的話女兒的一輩子就全毀了！

張筱桂沒有多話，她使勁的將手裡的酒罐子摔在地上。玻璃碎片伴隨著惡臭熏天的黑褐色液體飛濺，噴得到處都是。

「怎麼可能！」時女士大驚失色，她難以置信的看著玻璃碎塊與骯髒液體上躺著的嬰胎暴露在空氣裡，燈光照射在它的體表上，散發著發黴變質的斑駁感。只見原本一動不動的嬰胎突然抖動了幾下，然後活了似的，用細小的腳站起來。

泛綠的身體在燈光下極為可怖，小小的身體以畸形的模樣支撐著。咧開嘴衝著時女士尖笑。不到十五公分高的身體發出的聲波大得出奇，震得時女士耳膜發痛。

嬰胎一邊尖笑，一邊朝時女士跑過來。就在快接近到她時猛地跳起，往她的口裡衝刺，像是要鑽入時女士的嘴巴中。

時女士嚇得大叫，她順手從餐桌上拿起一瓶紅酒，朝嬰胎扔過去。瞎貓碰上死耗子，酒瓶居然準確的擊中了空中的嬰胎。嬰胎被砸到地上，不過隨即再次跳起，向她疾跑。

她不敢再待下去，閨蜜張筱桂揉著手指正準備走過來逮住自己。

時女士繞了個彎躲進偏房，將門牢牢的鎖住。門外不停傳來碰撞敲擊的聲響，結實的實心木門不斷顫動。她背靠著門，驚魂未定的捂著頭。不由得哭了出來，這究竟怎麼回事。妞妞失蹤，閨蜜變成了惡鬼。還有一隻真正的惡鬼正伺機想鑽入自己的子宮中。

實在太可怕了！

就在這時，一個聲音從左手上傳來。幸好，幸好慌亂中自己的手機沒有扔掉。電話那邊的聲音很冷靜，也很令人安心。是時悅穎撿來的丈夫小奇奇。

「大姨子，我剛剛透過電話聽到了。妳別動，仔細聽我說，一個字都別漏。」我在電話那端，雖然語氣鎮定，但心裡早翻湧起萬丈波瀾。自己早就猜測過照片和酒罐中嬰胎的關聯性，但卻沒想到時女士那邊居然會出現這種麻煩事。

「小奇奇，快替我報警。」時女士尖叫道。

「相信我，報警沒用。」我緩緩道，儘量讓自己言語清晰：「聽清楚了。妳現在在什麼位置？」

「一樓進門飯廳右側的偏房裡。」

「很好，事情簡單了許多。」我點點頭，腦袋裡頓時浮現出確切的別墅平面圖：「等一下妳打開偏房的窗戶使勁的逃，從前花園繞一圈，跑到後花園去。記住，使勁的跑，什麼都別管。只要跑過去，妳就能得救！」

「去後花園？為什麼？」時女士一愣。

「別問那麼多，相信我！」我輕聲道：「到了後花園，還記得吞了照片的流浪狗消失的位置嗎？如果記不得，那麼流浪狗每次排泄後，照片出現的位置，妳應該清楚吧？」

「清楚是清楚，但這和幫助我脫困有關係嗎？」時女士更加疑惑了。

「當然有。」我沒時間解釋更多了，聽筒裡門外的敲擊聲越來越頻繁，就算是實心木門也擋不了多久。就在這時，電話那頭猛地傳來一陣門被破穿的聲音。我頓時大喊一聲：「就是現在，快逃！」

時女士也聽到了，她感覺有什麼東西將門破開一個小洞後，飛了進來。後腦勺上涼颼颼的，滿溢著致命的危險。我的話音剛落，她就跑向房間窗戶，爬了出去。

剛跳出去，身後的窗戶也粉碎了。時女士不敢浪費時間，順著前花園左側的小道繞著別墅走了一圈。背後危險的感覺越來越強烈，她甚至能察覺到嬰胎身上散發出的驚人寒意。

近了，已經很近了。就在嬰胎跳起來快要接觸到她的後背時，時女士進入了後花園。她猛地朝前一撲，在地上順勢打了個滾，險之又險的躲過嬰胎的襲擊。

嬰胎尖銳的叫著，發出的聲頻越來越高昂。它再次高高竄起，趴在地上的時女士眼看就要避無可避了。就在這時，地上突然出現了一張照片。

正是那張失蹤的流浪狗吃進去的案骸古鎮的照片。

飛躍照片正上空的嬰胎猛然間再也跳不動了，似乎被某種引力拉入照片裡。而同一時間，走進花園的張筱桂腳一扭，整個人暈倒在地上！

案骸鎮上的我的腳邊，在虛空中出現了一具只有十多公分高，通體綠油油的嬰胎，我毫不猶豫的一腳踩下去。

登山鞋堅硬的鞋底立刻踩踏在嬰胎的腦袋上，還沒等它反應過來，它的腦袋就在重壓下爆裂開，滿是腥臭的汁液流了一地。

尾聲

我的身前有一隻狗，那隻狗被洗乾淨了，是昨天險些撞上我們的車的流浪狗。牠已經快要嚥氣了，躺在地上，可憐兮兮的睜大雙眼。

牠肚子中的照片讓牠不停的排泄，不過一天多的時間，流浪狗已經只剩下皮包骨。牠再次拉出了照片，照片中有一個影子，影子裡我看到時女士已經半個身體進入了棺材鋪中。

頓時，一種危險的感覺油然而生。我立刻要時悅穎打電話給她的姐姐，幸好如此，否則時女士現在已經遭遇不測了。

在時女士最危急的時刻，我用刀殺死奄奄一息的流浪狗。照片失去了活著的寄主，果然如我所料，回到最後一次消失的地方，也就是別墅的後花園中。

詭異照片和嬰胎產生了化學反應，照片把猙獰可怖的胎兒傳送進地下洞穴。被逮個正著的我一腳踩爛了腦袋。

之後我和時悅穎搜尋了整個洞穴，好不容易才在一口棺材中找到妞妞。這個高智商的小蘿莉居然一眼就認出我來，嚇壞了的她將我緊緊抱住。

身為小阿姨的時悅穎不停的抹著眼淚欣喜若狂。可是我們仍舊沒有找到令酒罐中的胎兒以及一百多年前安德森・喬伊拍下的照片變異的東西。或許安德森真的將其帶回荷蘭，然後也因為這件東西，死掉了！

還有許多謎團沒有解開，在回江陵市的路上，我一層一層的仔細剝開疑惑的洋蔥皮。但是在剝了一半時，線索中斷，思維也卡住了。

害我失憶的勢力自始至終都沒有出現，但至於有沒有在暗地裡監視我，這我就說不清了。但我總覺得，事情沒有那麼簡單。甚至時女士、時悅穎和妞妞三人，或許也出乎她們自己意料的，有些複雜。

確實，她們三人非常複雜。複雜到她們自己也沒有意識到！

嬰胎襲擊時女士的過程我用耳朵聽得清清楚楚，張筱桂說唯有時女士的子宮才能救嬰胎。這點令我十分驚訝。為什麼一定要時女士，而其他人的不行。我並不認為是因為時女士曾經吞下過同樣的嬰胎。

至於時女士的丈夫，同樣是謎團重重。我詳細的調查了他的遺物後，有了一個驚人的推測。那傢伙是有意接近時女士的，他們相愛相戀結婚生子，每一步，都是計畫好的。這個計畫天衣無縫。

我不敢告訴時女士，也不敢告訴時悅穎。這個推測，令人難以置信。就算讓時女士相信了，也不過讓她更加絕望而已。

這個推測讓我十分困擾。時女士沒有什麼奇怪的地方，只是個普通的有能力的漂亮熟女罷了，為什麼她的丈夫從大學時代就開始算計她？真的值得這樣做嗎？還是說，她丈夫的背後其實有著一個可怕的勢力，那個勢力想要借助時女士，達到某種目的。

既然時女士的丈夫誠哥已經失蹤，妞妞也順利找回來了，我就沒有再做多餘的計較。張筱桂在送醫院時就亡故，這個在七年前與時女士在不孕中心相識的女人一生淒慘。至死，都沒有一個屬於自己的孩子。

終於有閒暇去尋找關於自己失去的記憶。回到房中，我迫不及待的翻出自己流浪時穿著的衣服，隨意的抖了抖，沒想到竟然從那骯髒不堪的衣服口袋裡掉出了一樣東西。是一張紙條，很小的紙條。

我狐疑的將紙條展開，看完後頓時大驚失色。

紙條上用明顯偏女性的娟秀字跡如此寫道：

「你叫夜不語。別驚訝，你被雅心利用鬼門切斷了輪迴，抱歉，我無法救你。趁著我還殘存著唯一對你的一點記憶，將你奪了回來。切斷輪迴意味著你會忘記自己是誰，別人也會徹底遺忘你。如果你相信的話，請找回恢復輪迴的方法。

還有一分鐘，我就會徹底忘記你。

記住，你叫夜不語！

我是，M。」

看完紙條，一種匪夷所思的感覺油然生起。我居然叫夜不語，真是個古怪的名字。

輪迴是什麼？鬼門又是什麼東西？還有M，她到底是誰，跟我很熟嗎？

不對，如果切斷輪迴真的意味著所有人都會遺忘自己。那為什麼時悅穎一家子都記得我？她們到底有什麼特殊的地方？

猛地從心底深處冒上了一個念頭。那個神秘組織既然針對時女士，那麼，或許她們時家真的有特殊之處。

我默默的將紙條藏好，走出房間。

「悅穎，妳的老家在哪裡？」看著迎面走來的時悅穎，我突然問道。

「在源西鎮。怎麼了？」時悅穎被我意外的問題弄得有些摸不著頭緒。

「收拾東西，我們去源西鎮！」我淡淡地說，視線卻穿過落地窗飄向了遠方。

遠處的雲朵在夕陽照耀下，顯得極為悲壯。時女士經常感慨時家的女人很苦，時家的女人是被所有人從老家趕出來的。

我閒下來時，曾詳細的調查安德森．喬伊。他的其中一本書中，曾經提過源西鎮。這個知識淵博的荷蘭人去源西鎮的時間，在案骸鎮之後而早於回歐洲之前。或許那件令照片和嬰胎變異的神秘物件，並沒有被安德森帶走，而是留在了源西鎮上！

在時悅穎的老家，或許我能找到嬰胎和照片的秘密，也能找到她們三人為什麼沒有忘記我的答案。

甚至是，恢復記憶的方法！

落日沒入天際線，跳躍了幾下後，再也無法看見。希望，真的能找到恢復的辦法。自己內心深處總有一股焦躁，彷彿一個白衣如雪的影子在悸動。

如果再不能找到她，她就真的危險了……

The End

夜不語作品 01

夜不語詭秘檔案 701：陰胎

國家圖書館出版品預行編目資料

夜不語詭秘檔案：陰胎 ／ 夜不語 著.
一 初版. 一 臺北市：春天出版國際，2015. 05
面；　公分. 一（夜不語作品；01）
ISBN 978-986-5706-67-8（平裝）
857.7　　104006870

ISBN 978-986-5706-67-8
Printed in Taiwan

作者　夜不語
封面繪圖　Kanariya
總編輯　莊宜勳
主編　鍾靈
美術設計　三石設計

出版者　春天出版國際文化有限公司
地址　台北市信義區信義路四段458號3樓
電話　02-7718-0898
傳真　02-7718-2388
E-mail　story@bookspring.com.tw
網址　http://www.bookspring.com.tw
部落格　http://blog.pixnet.net/bookspring
郵政帳號　19705538
戶名　春天出版國際文化有限公司
法律顧問　蕭顯忠律師事務所
出版日期　二〇一五年五月初版
定價　170元

總經銷　楨德圖書事業有限公司
地址　新北市新店區寶興路45巷6弄6號5樓
電話　02-8919-3186
傳真　02-8914-5524

夜不語
詭秘檔案

夜不語

詭秘檔案

夜不語

詭秘檔案

夜不語

詭秘檔案